KB078279

괴물
포식자

괴물 포식자 7

철순 장편소설

초판 1쇄 찍은 날 § 2016년 10월 11일
초판 1쇄 펴낸 날 § 2016년 10월 18일

지은이 § 철순
펴낸이 § 서경석

편집책임 § 조현우

펴낸곳 § 도서출판 청어람
등록번호 § 제387-1999-000006호
등록일자 § 1999. 5. 31
어람번호 § 제1-2542호

주소 § 경기도 부천시 원미구 부일로 483번길 40 서경B/D 3F (우) 14640
전화 § 032-656-4452 팩스 § 032-656-4453
http://www.chungeoram.com
E-mail § chungeorambook@daum.net

ⓒ 철순, 2016

ISBN 979-11-04-90996-2 04810
ISBN 979-11-04-90817-0 (세트)

※ 파본은 구입하신 서점에서 교환하여 드립니다.
※ 저자와 협의하여 인지를 붙이지 않습니다.
※ 이 책은 도서출판 청어람과 저작자의 계약에 의해 출판된 것이므로,
   무단 전재 및 유포·공유를 금합니다.

7

괴물 포식자

철순 장편소설

FUSION FANTASTIC STORY

도서출판 청람

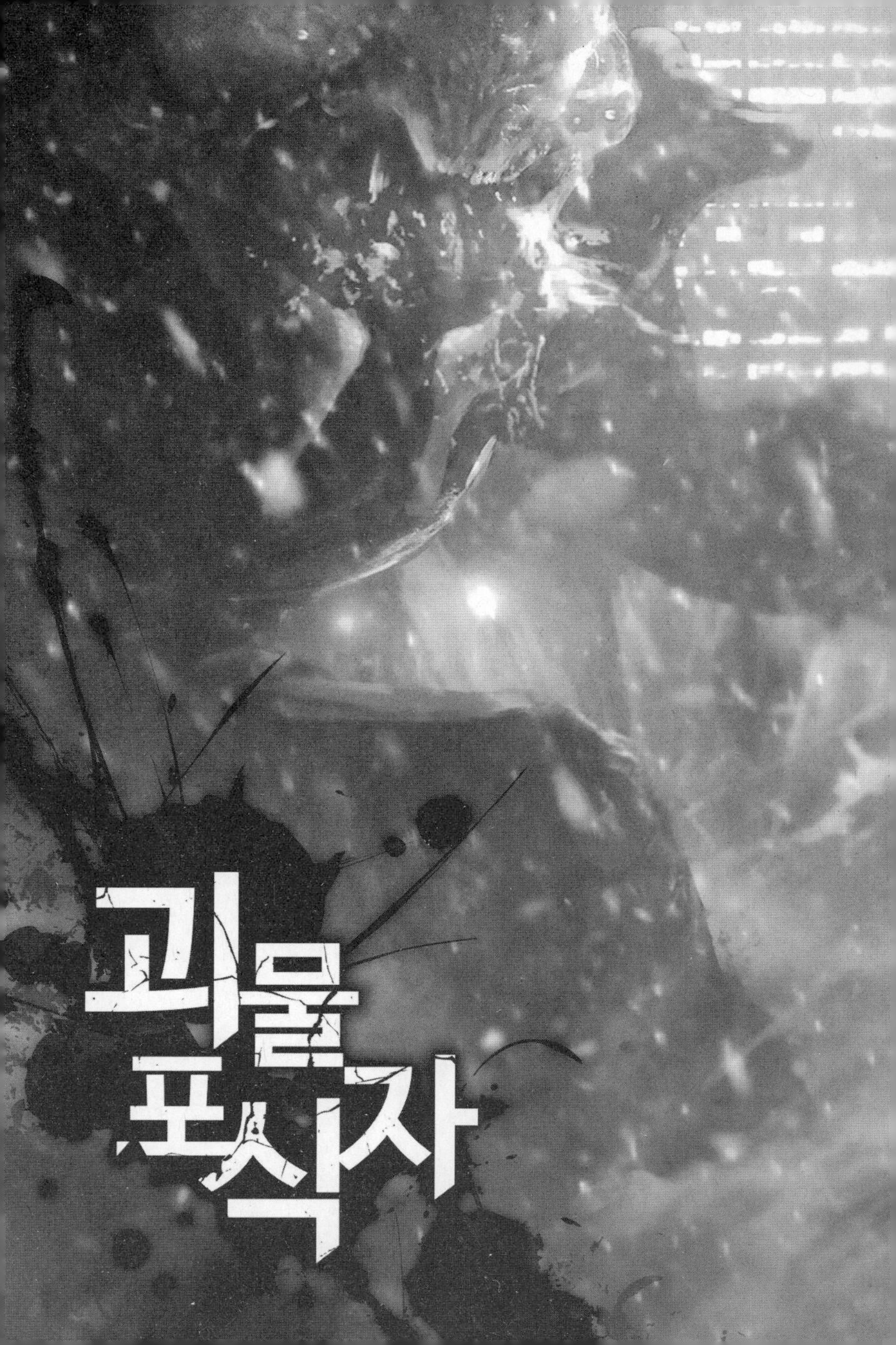
괴물
포식자

Contents

제1장
새카만 폭풍의 구름 켈라이노 II

첫째 하늘거북의 포효 속에는 웅혼하다는 말이 어울릴 정도의 에르그 에너지가 담겨 있었고, 엄청난 충격파가 터져 나왔다.

콰콰콰콰콰쾅!

순간 에르그 에너지를 운용해 고막을 보호하지 않았다면 고막이 터졌을지도 모른다. 그럼에도 골이 울리는 듯한 느낌에 신혁돈은 눈을 꾹 감고선 관자놀이를 눌렀다.

[세 쌍둥이 중 첫째 하늘거북이 당신에게 마음을 열었습니다.]

[테이밍에 성공하셨습니다.]

메시지가 떠오른 순간.

첫째 하늘거북이 다시 한 번 포효를 내지르기 위해 숨을 들이켜는 것이 느껴졌다.

"그만!"

이젠 주인이 된 신혁돈의 명령에 첫째 하늘거북이 숨을 들이켜는 것을 뚝 멈추었다.

그 순간.

—왜 멈추어야 하는 것인가?

어떠한 언어가 아닌 의지 그 자체가 신혁돈의 머릿속을 파고들었다. 굳이 생각하지 않더라도 첫째 하늘거북의 물음임을 알아챈 신혁돈이 말했다.

"내가 다친다."

—그렇다면… 눈앞의 하피들을 가만히 두고 복수를 멈추라는 뜻인가?

머릿속을 파고드는 의지가 격해지며 신혁돈의 뇌를 흔들어 놓았다. 이 차원은 어떻게 되먹은 건지 괴물 하나하나가 감당할 수 없을 만큼 강력하다.

"아니, 힘을 조절하라는 뜻이다."

—그것이라면 알겠다.

첫째 하늘거북은 모았던 숨을 천천히 내쉰 뒤 에르그 에너지를 움직이기 시작했다.

신혁돈이 딛고 있는 심장이 미친 듯이 떨린 뒤, 대기가 움직이기 시작했다.

대기는 마치 의지를 갖기라도 한 듯 날아다니는 모든 하피를 공격했다. 날카로운 칼이 되어 두 조각내고, 뭉툭한 망치가 되어 머리를 깨부쉈으며, 긴 밧줄이 되어 목을 졸랐다.

"…맙소사."

하늘거북들 중 가장 거대한 네 마리 중 하나라지만 이 정도일 줄은 몰랐다.

그 모습을 보고 있던 신혁돈이 천천히 고개를 끄덕였다.

'이런 힘이라면 세 자매가 두려워할 만도 하다.'

만약 모든 하늘거북의 어미가 붙잡히지만 않았고 세 쌍둥이 하늘거북이 한자리에 모였더라면 아무리 아이가투스의 오른팔 격인 하피 세 자매라도 감당하기 힘들었을 것이다.

그때 하늘에서 도시락이 강하하는 모습이 보였고, 그의 주변으로 모여드는 대기를 발견한 신혁돈이 다급히 외쳤다.

"저들은 나의 동료다!"

그 순간 도시락의 근처로 모여들던 에르그 에너지가 다른 먹잇감을 찾아 움직이기 시작했다.

한순간 목숨을 잃을 뻔했다는 사실을 전혀 모르는 도시락은 하늘거북의 등으로 천천히 내려왔다.

도시락의 등에서 내린 백종화가 멍한 얼굴로 신혁돈에게 물었다.

"이게… 무슨 일입니까?"

"하늘거북의 진정한 힘이다."

"세상에……."

수백, 수천에 달하는 하피가 하늘에서 찢겨나가고 있다. 하늘거북이 깨어난 것을 발견한 하피들이 창을 던지며 발악을 해보았지만 대기를 다루는 그의 능력 앞에 날아다니는 모든 것이 무능하기 그지없었다.

"…진짜 맙소사. 종말의 날이 왔다 해도 믿을 만한 비주얼인데."

홍서현의 말이 딱 맞다.

하늘에서 피와 육체의 비가 내리고 있다.

굳이 신혁돈 일행이 나설 필요도 없이 상황이 정리되는 듯했고, 일행들 중 비위가 안 좋은 이는 새하얘진 얼굴로 눈을 돌려 버렸다.

그 와중에 신이 난 도시락은 여기저기 돌아다니며 하피들의 시체를 주워 먹고 있다.

고개를 휘휘 저은 신혁돈은 백종화를 불러 말했다.

"아직 켈라이노가 나타나지 않았어. 탐지 한번 해봐라."

백종화를 향해 한 말이었지만 그의 말을 들은 다른 길드원들 또한 질리는 광경에 놓아버렸던 긴장의 끈을 쥐었다.

그때.

"저기!"

백종화가 하늘을 가리켰고 모두의 시선이 하늘로 향한 순간.

하늘거북의 기억에서 보았던 것과 똑같은 먹구름이 아무것도 없는 하늘에서 피어오르고 있었다.

"켈라이노다."

"텔레포트입니까?"

"그런 것 같아."

신혁돈은 곧바로 세뿔가시벌레 몬스터 폼을 발동시켰고, 그의 반응을 본 길드원들 또한 진형을 갖추며 무기를 세게 쥐었다.

이남정과 윤태수, 그리고 세 떨거지는 하피의 창에 에르그 에너지를 주입한 뒤 하늘에 띄워두었다.

신혁돈이 하늘로 떠오른 순간 먹구름 가운데 생긴 검은 공간을 찢고 새카만 밤하늘색 날개를 가진 켈라이노가 나타났다.

나타난 켈라이노 앞을 지나던 하피 한 마리의 목이 날아가며 피를 뿌렸고 그대로 피를 뒤집어 쓴 켈라이노가 크게 소리쳤다.

"감히!"

분노한 켈라이노의 몸이 먹구름으로 뒤덮인 순간, 켈라이노는 하늘거북의 머리를 향해 달려들었다.

엄청난 속도!

하지만 켈라이노의 경로를 예측하고 있던 신혁돈이 켈라이노의 앞으로 날아가 막아섰다.

켈라이노는 자신의 앞을 가로막고 있는 신혁돈을 향해 뭉게뭉게 흘러나오고 있는 먹구름을 마치 검처럼 휘둘렀다.

'같다!'

텐구가 사용하던 먹구름과 똑같은 기운을 가진 스킬!

그렇다면?

신혁돈은 물러서지 않고 켈라이노가 휘두르는 검을 향해 손가락을 뻗으며 스킬을 발동시켰다.

영혼 강타!

퍼엉!

"카아아아아아아!"

켈라이노가 만들어낸 검은 물론이거니와 그녀의 팔꿈치 아래까지 영혼 강타의 범위에 휩쓸리며 흔적도 남기지 못하고 사라졌다.

순식간에 팔 한쪽을 잃은 켈라이노는 찢어지는 듯한 비명을 지르며 날개를 퍼덕여 뒤로 물러섰다.

그제야 신혁돈과 눈을 마주한 켈라이노가 허공에 멈춰선 순간.

"그어어어어어어!"

하늘거북의 포효가 터져 나왔다.

전처럼 에르그 에너지를 담고 있는 것이 아닌, 단순한 포효.

하지만 그 뒤를 따라 울리는 대기의 진동은 단순하지 않았다.

순간 켈라이노 주변의 모든 대기가 살의를 띤 채 그녀에게 쏘아졌다.

자신의 주변으로 대기가 모여드는 것을 느낀 켈라이노는 온몸을 먹구름으로 변환시키며 대기의 칼날을 모두 통과시켰다.

그 순간.

영혼 강타!

신혁돈의 손가락이 먹구름으로 변한 켈라이노의 머리를 가리켰고, 팡! 하는 소리와 함께 켈라이노의 머리가 있던 공간이 터져 나갔다.

'죽었나?'

방심할 순 없다.

신혁돈은 워해머의 손잡이를 쥔 채 켈라이노를 향해 날아들었고, 그의 뒤로 홍서현의 버프를 받은 이들이 달려들었다.

화아아아아!

순간 바람이 일며 먹구름이 하나로 모여들었고, 한쪽 귀가 반쯤 날아간 켈라이노가 모습을 드러냈다.

그 순간 날아든 하피의 창이 켈라이노의 몸을 노렸다.

켈라이노는 커다란 날개를 이용해 몸을 감싸는 것으로 창을 튕겨낸 뒤 신혁돈을 노려보았다.

"네놈!"

신혁돈은 표정 없는 얼굴로 그녀를 향해 손가락을 내밀었고 켈라이노는 아득 소리가 나게 이를 악물고서는 양손을 뻗었다.

그러자 그녀의 몸에서 흘러나온 먹구름들이 마치 방패처럼 넓게 펼쳐졌다.

"그어어!"

그것을 가만둘 하늘거북이 아니었다.

특히 켈라이노에게 직접 봉인을 당한 첫째 하늘거북이다. 짐작조차 가지 않는 세월동안 얼마나 많은 분을 삭였겠는가.

후우웅!

웅혼한 기운을 담은 바람이 검은 먹구름을 후려치듯 몰아쳤고 벽처럼 솟아났던 먹구름이 흩어져 버렸다.

그와 동시에 켈라이노 또한 사라져 버렸다.

'텔레포트! 어디지?'

"안 돼!"

"끄아악!"

들리는 비명에 신혁돈의 고개가 뺨이라도 맞은 듯 혹 돌아갔고, 그의 눈에 튀어 오르는 피.

팔을 잘라내는 켈라이노의 먹구름.

그리고 잘려 나가는 인간의 손목이 보였다.

윤태수와 백종화 두 사람이 뒤엉켜 쓰러졌고, 그 주변에 있던 이남정과 고준영이 켈라이노를 향해 덤벼들었다.

켈라이노는 무표정한 얼굴로 다시 한 번 먹구름 방패를 만들어낸 뒤 그 뒤로 숨었다.

순간 쓰러졌던 백종화가 새빨개진 눈으로 일어서며 외쳤다.

"이런 개새끼가! 다 비켜!"

백종화의 외침에 켈라이노를 향해 달려가던 이남정과 고준영이 멈칫했고 그 순간 백종화의 손에 거대한 에르그 에너지가 뭉쳐들었다.

후우우우웅!

엄청난 바람이 백종화의 손에 집중된 순간 어마어마한 크기의 불기둥이 먹구름을 향해 발사되었다.

콰과과광!

먹구름 따위 흔적조차 남기지 않고 태워 버리겠다는 듯 엄청난 불기둥이 먹구름을 덮쳤다.

하지만 켈라이노는 이미 사라진 뒤였다.

"씨발!"

백종화는 욕지기를 뱉은 뒤 쓰러져 있는 윤태수를 바라보았다.

시선을 돌린 순간.

백종화의 머리 위로 검은 먹구름이 생겨났고, 주시하고 있던 신혁돈은 곧바로 영혼 강타를 사용했다.

퍼엉!

"까아아아아아!"

기분 나쁜 비명소리와 함께 먹구름 사이로 피가 뚝뚝 떨어졌으나 켈라이노는 또다시 모습을 감춰 버렸다.

그사이 신혁돈의 시선이 빠르게 쓰러져 있는 윤태수를 훑었고, 곧 잘려 나간 오른 팔을 쥔 채 힘겹게 웃고 있는 윤태수를 발견할 수 있었다.

"괜찮습니다!"

고통을 참는 것이 역력한 표정의 윤태수가 큰 목소리로 소리쳤고 모든 이들의 미간이 찌푸려졌다.

홍서현은 곧바로 윤태수의 팔을 쥐며 치료에 들어갔고 그 모습을 본 신혁돈은 시선을 돌렸다.

"씨발."

저 멀리 먹구름이 생겨나며 켈라이노가 모습을 드러냈다.

그녀는 입꼬리를 올린 채 신혁돈을 바라보고 있었다.

명백한 도발!

분노한 신혁돈이 날개를 펼치고 날아가려던 순간, 신혁돈이 멈칫했다.

'이건 유인이다.'

퍼뜩 든 생각에 신혁돈이 움직임을 멈춘 뒤 하늘거북에게 명령했다.

'먹구름을 흩어버려라.'

신혁돈의 말과 동시에 날카로운 돌풍이 일어 켈라이노를 공격했고 켈라이노는 다시 한 번 모습을 감추었다.

지금 당장 켈라이노에게 유효한 공격을 할 수 있는 것은 신혁돈뿐이다.

그것을 아는 켈라이노는 자신을 공격 범위 밖까지 이끌어낸 뒤 길드원들을 먼저 노릴 생각인 것이다.

'역으로 이용한다.'

"종화!"

"예!"

"디스펠!"

신혁돈과 눈이 마주친 백종화가 입술을 꽉 물었다. 무슨 일이라도 할 수 있을 것 같다는 눈빛을 하고 있던 백종화의 눈빛이 흔들린다.

자신이 할 수 있을까 걱정하는 것이다.

그의 눈을 본 신혁돈이 소리쳤다.

"안 하면 죽는다!"

협박이 아니다.

그가 아닌, 그의 주변 사람이 죽는다는 경고다.

그제야 백종화가 크게 고개를 끄덕였고, 그 순간 신혁돈이 워해머를 꾹 쥔 채 날개를 움직였다.

그러자 마치 기다렸다는 듯 먹구름과 함께 켈라이노가 나타났다.

"원하는 대로 해주지."

씹어뱉듯 말을 토한 신혁돈은 곧바로 켈라이노를 향해 날아갔다. 켈라이노는 신혁돈이 출발하는 것을 보자마자 양손에 검을 만들어 낸 뒤 마치 싸울 듯 자세를 취했다.

'이번에 잡는다!'

만약 실패한다면?

김민희가 아닌 다른 이가 다칠 것이고, 다치는 것으로 끝나지 않을 가능성이 더 높다.

신혁돈이 순식간에 켈라이노의 코앞까지 다다른 순간 켈라이노가 허공을 향해 검을 찔렀고, 마치 연막탄이 터지듯 짙은 먹구름이 신혁돈을 덮쳐왔다.

신혁돈은 곧바로 온몸으로 에르그 에너지를 터뜨렸고, 소닉 붐이 터지듯 먹구름이 사라졌다.

그와 동시에 신혁돈은 남아 있는 모든 에르그 에너지를 끌어모으기 시작했다.

사라져 가는 먹구름 사이로 검은 구멍을 만들어낸 켈라이노의 모습이 보인다. 신혁돈은 곧바로 워해머를 휘두르며 쇼크 웨이브를 사용했다.

남은 모든 에르그 에너지가 담긴 최후의 일격이 마치 번개처럼 대기를 찢어발기며 켈라이노를 향해 날아갔다.

쿠콰콰콰콰!

자신을 향해 날아오는 충격파를 힐끗 본 켈라이노가 검은 구멍을 향해 몸을 던진 순간.

"디스펠!"

백종화의 몸에서 터져 나온 에르그 에너지가 신혁돈을 지나 켈라이노를 향해 쏘아졌다.

*   *   *

투웅!

시간이 느리게 흐르는 듯했다.

백종화가 쏜 디스펠이 검은 구멍을 잠식했고, 검은 구멍은 마치 유리가 깨지듯 금이 가기 시작했다.

검은 구멍으로 몸을 밀어 넣던 켈라이노의 입이 벌어졌고, 그 순간 검은 구멍에서 급하게 몸을 빼며 뒤로 물러섰다.

하지만 오른발이 나오지 못한 채로 검은 구멍이 깨지고 말았다.

디스펠이 제대로 먹힌 것이다.

예리한 칼이 자르고 지나간 듯 켈라이노의 오른 다리가 싹둑 잘려 나간 순간.

켈라이노의 시선이 신혁돈에게로 향했다.

하지만 신혁돈은 볼 수 없었다.

대신 샛노란 번개와도 같은 쇼크 웨이브가 그녀의 몸을 덮쳤다.

피할 수 없음을 깨달은 켈라이노가 몸을 먹구름으로 바꿨다.

쿠콰아아앙!

아직 먹구름으로 변하지 못한 몸을 쇼크 웨이브가 덮쳤고 거대한 소리와 함께 켈라이노의 몸이 추락하기 시작했다.

새빨간 피가 사방으로 튀었지만 켈라이노는 살아남았다는 것에 안주하며 다시 눈을 떴다.

그 순간 그녀의 시선을 가득 채운 것은 신혁돈의 검지였다.

"개 같은 년."

영혼 강타!

"아……."

당황한 켈라이노가 다시 몸을 바꾸려는 순간. 신혁돈의 몸에서 흘러나온 에르그 에너지가 영혼 강타 스킬을 발동시켰고 그녀의 머릿속으로 파고들었다.

펑!

그리고 마치 수박이 터지듯 켈라이노의 머리가 터졌다.

머리가 터진 것을 봤지만 신혁돈은 멈추지 않았다.

추락하는 켈라이노의 시체 아래로 날아든 신혁돈은 워해머를 굳게 쥔 뒤 시체의 허리를 후려쳤다.

힘을 잃은 켈라이노의 시체가 신혁돈의 머리 위에서 두 동강 나며 피를 흩뿌렸다.

　　　　*　　　　　*　　　　　*

　머리를 잃은 시체를 든 신혁돈이 길드원이 있는 곳으로 날아왔다.

　아무렇게나 시체를 던진 신혁돈은 바닥에 누워 치료를 받는 윤태수의 옆으로 걸어갔고, 그를 발견한 윤태수가 물었다.

　"잤습니까?"

　"오냐."

　"왜 그런 얼굴을 하고 그러십니까."

　신혁돈은 대답 대신 홍서현을 바라본 뒤 물었다.

　"붙일 수 있나?"

　홍서현은 고개를 저으며 절단면을 바라보았다.

　손목 위로 10㎝ 정도가 잘렸다.

　그냥 잘린 것이 아니고 절단면에 검은 액체가 붙어 있었다.

　에르그 에너지를 사용해 치료하려 해보았지만 검은 액체는 화상 자국처럼 남아 치료를 방해했다.

　신혁돈의 눈길을 받은 홍서현이 가진 모든 에르그 에너지를 쏟아부었지만 검은 액체는 사라질 기미를 보이지 않았다.

　"비켜."

홍서현이 순순히 물러서자 신혁돈이 그의 옆에 꿇어앉아 잘린 팔을 쥐곤 절단면을 맞춘 뒤 말했다.

"아프냐."

말을 하는 신혁돈의 손에서 노란빛이 흘러나오고 있었다. 모두의 벗에 붙어 있는 스킬인 중급 치유를 사용한 것이다.

"뒈지게 아픕니다. 돌아가면 민희 밥 좀 사줘야겠네. 쟨 어린것이 이런 고통을 어떻게 항상 버텼지?"

말을 하는 윤태수의 목소리가 잘게 떨리고 있었다. 그의 시선을 받은 김민희는 뚝뚝 눈물을 흘렸다.

중급 치유가 끝나자 검은 액체가 전보다 조금은 옅어졌고, 신혁돈은 곧바로 치유 마법진을 발동해 치료를 시작했다.

신혁돈이 말없이 치료에 몰두하자 뒤에 서 있던 백종화가 말했다.

"아직 그 정도까지는 아니라며."

나직한 목소리에 윤태수가 푸흐흐 웃음을 터뜨렸다. 며칠 전 소주 한잔하며 나눈 대화가 떠오른 탓이었다.

"가만히 있어라."

신혁돈에게 꾸중을 들은 윤태수는 고개를 휘휘 저은 뒤 백종화를 바라보며 말했다.

"나도 그런 줄 알았는데 막상 상황이 닥치니 마음대로 안 되던데 말입니다."

"…고맙다."

"나 말고 내 몸에 고마워하십시오. 내 몸이 제멋대로 움직인 거니까."

백종화는 천천히 고개를 끄덕인 뒤 고개를 돌려 버렸다.

신혁돈은 모든 에르그 에너지를 쏟은 뒤 짧은 한숨을 토했다.

그의 표정을 읽은 윤태수가 말했다.

"안 붙습니까?"

신혁돈이 대답이 없자 윤태수는 남은 왼팔로 잘린 오른팔을 향해 손을 뻗었다. 그리고 손이 닿은 순간.

윤태수의 손이 흠칫 떨렸다.

잘려 나간 부분에 감각이 없는 것은 당연하다. 하지만 그것을 실제로 느꼈을 때의 괴리감을 처음 받아들일 때는 당연하지 않다.

윤태수는 놀란 것을 감추려는 듯 잘린 손목을 휙 쥐어 신혁돈의 손에서 빼냈다.

"그래도 손목이라 다행입니다. 이 정도면 서윤 씨가 어떻게 해주지 않겠습니까?"

신혁돈은 눈을 꾹 감았다 뜨며 말했다.

"…미안하다."

"형님이 미안하실 게 뭐 있습니까. 아이가투스, 켈라이노, 그리드. 그 괴물 새끼들이 개새끼인 거지."

회귀한 신혁돈이 윤태수를 찾아가지 않았더라면 이런 일은 없었을 것이다.

그의 기색을 읽은 것인지 윤태수가 히죽 웃으며 말했다.

"후회 안 합니다."

팔을 잘린 것은 윤태수인데 그가 나머지 사람들을 위로하고 있다.

신혁돈은 입술을 씹고 자리에서 일어섰다.

"너무 걱정하지 마십시오. 보십쇼. 벌써 피도 멈췄습니다."

윤태수는 울 것 같은 표정을 하고 있는 떨거지 셋까지 위로를 해준 뒤 남은 왼손으로 일어서며 말했다.

"후딱 정리해야 하지 않습니까? 이 정도 소동이면 나갔던 하피들도 돌아올 겁니다."

윤태수는 땅을 발로 툭툭 차며 말을 이었다.

"이 하늘거북 놈이 얼마나 더 싸워줄지는 몰라도 우리도 준비해야지 말입니다."

말을 마친 윤태수는 고준영을 부르더니 그에게 손목을 건넸다.

"들어봐."

그리곤 아공간을 연 뒤 손목을 집어넣었다.

"갑시다."

신혁돈은 그에게서 시선을 돌린 뒤 하늘을 바라보았다.

하늘을 가득 메우고 있던 하피들은 어느새 도망을 간 것인지, 아니면 첫째 하늘거북에게 죽임을 당한 것인지 더 이상 보이지 않았다.

신혁돈은 곧바로 헤이톤의 호의를 사용해 지도를 켰다.

그리곤 수많은 부유섬들을 가리키며 말했다.

"하늘거북들을 먼저 깨운다."

첫째 하늘거북의 위력을 본 이들은 군말 없이 고개를 끄덕였고 신혁돈의 명령을 들은 첫째 하늘거북이 가장 가까운 부유섬을 향해 머리를 틀었다.

작은 하늘거북이 그 뒤를 따랐다.

*　　　*　　　*

첫째 하늘거북이 움직이는 동안 할 일이 없는 이들은 하피의 시체를 한군데로 모아 태우고 에르그 코어를 흡수하며 돌아다녔다.

다들 침울한 와중, 도시락은 토실토실한 궁둥이를 씰룩거리며 열심히 뛰어다니고 있었다.

길드원들의 만류에 홀로 쉬고 있던 윤태수는 그 모습을 보고 헛웃음을 흘렸다.

"저것만 노났네."

도시락은 그냥 뛰어다니는 것이 아니라 하피의 시체를 열심히 주워 먹고 있었다. 태우려고 모아놓은 시체 더미 앞에서 고개를 처박고 식사를 즐겼다.

"에르그 코어를 흡수할 수 있으니 우리도 노났죠."

윤태수의 옆에서 그를 지켜보고 있던 홍서현이 말을 받았다.

"나는 팔이 잘려서 노났다고 보긴 힘든데 말입니다."

그의 말에 홍서현이 질린다는 듯 윤태수를 바라보며 말했다.

"…장난의 대상이 따로 있지, 어떻게 자기 팔이 잘린 걸로 농담을 던져요?"

"그럴 수도 있지."

홍서현이 고개를 휘휘 젓는 사이 신혁돈은 켈라이노의 심장을 갈라 에르그 기관을 섭취하고 있었다.

고개를 돌렸다 그 모습을 본 홍서현은 눈을 꾹 감아버렸다.

"하여간 정상이 없어."

어느새 식사를 마친 도시락은 심장이 꺼내진 켈라이노의 시체까지 집어삼켰고, 그사이 신혁돈은 윤태수의 근처에 앉았다.

그러자 윤태수가 말을 건넸다.

"켈라이노 스킬도 흡수하셨습니까?"

신혁돈이 고개를 끄덕였고 윤태수는 놀란 눈으로 되물었다.

"진짭니까? 그 순간이동?"

"비슷하긴 하다."

신혁돈은 아직까지 눈앞에 떠 있는 스킬창으로 시선을 던졌다.

[켈라이노의 영혼을 흡수하셨습니다.]
[보유한 영혼의 수 : 1]
[보유한 영혼을 켈라이노의 영혼이 흡수했습니다.]
[영혼의 힘이 가득 찼습니다.]
[켈라이노의 힘이 사용자의 몸에 깃듭니다.]
[새로운 스킬 '차원 관문'을 획득하셨습니다.]

차원 관문 [Rank F, Epic, Active]
-두 차원을 연결하는 관문을 만들어냅니다.
-사용자의 에르그 에너지 보유량에 따라 지속 시간과 크기
가 결정됩니다.

영혼 포식으로 획득한 세 괴수의 영혼이 합쳐지면서 새로
운 스킬이 탄생했다.
드디어 영혼 포식의 효능이 밝혀진 것도 기뻤다.
한데 새로 얻은 스킬의 등급이 에픽이다.
"에픽 등급 스킬이다."
"…뭐요?"
윤태수가 어이없다는 듯 되물었고 홍서현의 눈 또한 믿을
수 없다는 듯 커졌다.
"에픽 등급 스킬이 존재해?"

신혁돈은 고개를 끄덕인 뒤 말했다.

"나도 내 눈을 못 믿겠군."

저번 삶, 에픽 아이템은 몇 번 본 적 있었다. 보유하는 것만으로 전 세계 각성자들의 공적이 될 정도의 가치를 가진 아이템.

사용자에 따라 홀로 20등급 괴물을 상대할 수 있게 만들어주는 엄청난 효능을 가진 것이 바로 에픽 등급의 아이템이었다.

한데 에픽 등급의 스킬이라니.

"무슨 스킬입니까?"

신혁돈은 차원 관문 스킬의 설명을 그대로 읽어주었다.

"…그게 무슨 스킬입니까?"

"그게 문제다."

차원과 차원을 잇는다?

이를테면 지구와 지금 있는 차원을 연결하는 관문을 열어준다는 것인가?

그 정도 능력은 가지고 있어야 에픽이라는 등급이 어울린다.

"일단 사용해 보시지 말입니다."

"그랬다가 그리드의 차원으로 가면?"

"…그것도 그러네."

신혁돈의 반문에 윤태수는 입을 꾹 다물었다. 그러자 홍서현이 물었다.

"짧은 거리로 사용해 보는 건 어때? 여기서 저기 정도로."

윤태수가 좋은 생각이라는 듯 박수를 치려다 잘린 손목을 칠 뻔하며 실패했고, 홍서현의 미간이 찌푸려졌다.

"좀 조심해요."

"아니, 평생 달고 있던 게 없어졌는데 어떻게 몇 시간 만에 익숙해집니까."

할 말이 없어진 홍서현은 눈을 흘긴 뒤 신혁돈에게 말했다.

"어때요?"

"그러지. 혹시 모르니 땅에 내려가서 하겠다."

차원과 차원의 연결.

난생 처음 해보는 일이거니와 도대체 무슨 일이 벌어질지 상상조차 되지 않았다.

게다가 스킬 설명에는 어떻게 사용하는 것이라 나와 있지도 않으니 직접 사용해 보는 수밖에 없다.

신혁돈이 하늘거북에게 명령해 땅으로 내려가는 도중, 윤태수가 툭하니 말을 뱉었다.

"가이아, 참 마음에 안 든단 말이야."

"가이아의 사제 앞에서 할 말이에요?"

"…아, 깜빡했네."

"환자만 아니었어도……."

"아니, 근데, 사제로서도 좀 너무하다는 생각이 들지 않습니까? 이왕 '시스템'이란 걸 만들 거면 좀 친절하게 만들든가. 스킬을 얻었는데 사용도 못하게 하는 건 너무하잖습니까."

홍서현이 한숨을 내쉬며 고개를 젓는 사이 대충 주변 정리를 마친 이들이 하나둘씩 신혁돈의 주위로 돌아왔다.

곧 모든 이들이 모이자 윤태수가 신혁돈이 에픽 등급 스킬을 얻었다는 말을 해주었다.

에픽 등급 스킬이라는 말에 모두가 눈을 빛내며 신혁돈을 바라보았다.

스킬 설명까지 들은 이들은 하나 같이 멍한 얼굴로 다른 이들을 바라보았고 개중 가장 맑은 눈빛을 하고 있던 백종화가 말했다.

"무슨 원리인지도 안 나와 있습니까? 이를테면 차원과 차원을 접어 그 접점을 통해 게이트를 만드는 것이라든가."

신혁돈은 무슨 헛소리냐는 눈으로 백종화를 바라보았고 백종화는 몇 가지 이론을 더 말해보았지만 종국에는 입을 다물었다.

곧 하늘거북이 땅 가까이까지 내려오자 모든 이가 도시락의 등에 오른 뒤, 땅으로 내려왔다.

"막 블랙홀 같은 그런 거 나오면 어떡합니까?"

"스킬을 취소하면 되지."

"…그런 방법이?"

세 떨거지가 만담을 나누는 사이 신혁돈은 세뿔가시벌레의 모습으로 변해 멀찍이 날아갔다.

길드원들과 어느 정도 거리를 둔 신혁돈은 만일에 사태에 대비해 30㎝ 정도 하늘에 뜬 채 스킬을 사용했다.

"차원 관문."

제2장

경험의 차이

어느새 몸 가득히 차오른 에르그 에너지가 쭈욱 빨려 나가는 것이 느껴졌다.

그와 동시에 신혁돈의 앞으로 검은 점이 생겨났다.

검은 점은 타원형으로 변하며 점점 크기를 키워갔고, 사람 하나가 통과할 정도가 되었을 때 성장을 멈추었다.

그리곤 5미터 정도 떨어진 거리에 검은 점이 생겨났다.

'이런 미친.'

말도 안 되는 속도로 에르그 에너지가 빨려 나가고 있었다.

쇼크 웨이브를 사용할 때와는 비교도 되지 않을 속도.

신혁돈은 미간을 찌푸리며 스킬을 유지시켰다.

검은 점은 전과 같이 점점 크기를 키워 방금 생겨난 것과 같은 크기가 되어 성장을 멈추었고 그와 동시에 TV 화면이 켜지듯 검은색이 사라졌다.

"됐다."

5미터 거리로 두 개의 차원 관문이 만들어졌다.

그 순간.

신혁돈의 에르그 에너지가 바닥나고 말았다.

쩡!

마치 유리가 깨지듯 차원 관문의 표면이 깨져 나갔고 차원 관문의 조각들은 에르그 에너지로 변하며 사라지고 말았다.

"하아… 하아……."

온몸의 에르그 에너지가 모두 빨려 나갔다.

신혁돈은 거친 숨을 몰아쉬며 심호흡을 했고, 곧 에르그 에너지가 차오르는 것을 느끼며 뒤를 돌아보았다.

그 광경을 지켜보고 있던 길드원의 입이 떡 벌어져 있었다.

"맙소사……."

"성공한 거 아닙니까?"

"대박."

각자 놀라움을 표현한 이들은 신혁돈에게 다가오며 한마디씩 던졌고 신혁돈은 손을 휘휘 저어 그들의 질문을 모두 무시했다.

"이거, 못 쓴다."

"예? 왜입니까?"

"에르그 에너지 소모가 너무 심하다."

현재 신혁돈이 보유한 에르그 에너지양은 지구에서 가장 많다고 보아도 무방한 정도다.

한데 5미터 거리의 차원 관문을 1초도 유지 못할 정도라니.

"그 정도로 심합니까?"

신혁돈이 지쳐서 헉헉거리는 것을 본 백종화는 대답을 기대하지 않았다. 몇 달간 그와 함께하며 저만큼 지친 것을 처음 보는 탓이었다.

그 모습을 지켜본 이남정이 한마디로 결론을 내렸다.

"그림의 떡이네."

아무리 사기적인 스킬이고, 에픽 등급이라 한들 사용을 할 수 없으니 말 그대로 그림의 떡이었다.

"그래도 언젠간 사용할 수 있겠지 말입니다."

"그렇겠지."

그 언젠가를 기약할 수 없는 게 문제지만.

모든 에르그 에너지를 소모한 신혁돈은 몬스터 폼을 사용하지 않은 채 도시락의 등에 올랐고, 곧 모든 길드원이 등에 오르자 도시락은 첫째 하늘거북에게로 향했다.

* * *

첫째 하늘거북의 속도는 느렸다.

이 가공할 만한 덩치가 날아다니는 것 자체가 기적에 가까운 일이긴 하다.

거대한 항공모함이 바다를 떠다니는 것을 보면 이런 느낌일까.

하늘거북 아래로 지나가는 땅과 위로 지나가는 구름을 지켜보는 것만으로도 감탄이 터지곤 했다.

"이 속도라면 이틀 정도 걸리겠군."

어느새 에르그 에너지를 회복한 신혁돈이 헤이톤의 호의로 지도를 띄운 뒤 말했다.

신혁돈은 손가락으로 마치 군도처럼 부유섬이 모여 있는 곳을 가리키며 말을 이었다.

"하피들이 대규모로 움직이고 있다."

그의 말대로 부유섬보다 훨씬 작은 점들이 새카맣게 보여 어디론가 향하고 있었다. 그들의 경로를 대충 훑어본 신혁돈은 지도를 돌려 모든 하늘거북의 어미가 있는 곳을 가리켰다.

"이곳으로 가는군."

거의 모든 하피가 한곳으로 모여들고 있었다.

신혁돈은 구체를 돌려 여섯 남매가 향하고 있는 곳을 찾아보았다.

"저거 같습니다."

그들은 빠른 속도로 움직이고 있었지만 거리가 거리인지라 그들이 말한 시간을 단축할 방법은 없어 보였다.

신혁돈은 고개를 끄덕인 뒤 지도를 껐다.

하늘거북이 가진 힘은 상상을 초월했다.

하피가 무슨 수를 써서라도 하늘거북들을 봉인하려 했던 것이 충분히 이해가 갈 정도의 능력이었다.

이 차원을 기준으로 2주가 좀 넘는 시간이 있으니 모든 하늘거북들을 규합해 간다면 만 단위가 넘는 하피들이 나타나더라도 충분히 싸워볼 만하다.

하피들이 모두 도망친 덕에 별다른 전투 없이 이틀이 흘렀다.

윤태수는 잘린 손에 익숙해져 가며 왼손으로 검을 다루기 시작했고, 마음대로 되지 않자 이남정에게 달라붙어 하피의 창을 다루는 법을 배워갔다.

그 모습에 자극을 받았는지 대부분의 길드원이 수련의 시간을 가졌다.

물론 늘어지게 쉬고 있는 사람도 있었다.

홍서현은 아무것도 하기 싫은 오후의 직장인처럼 건물 한 채를 차지하고 누워 하늘만 바라보고 있었다.

신혁돈은 새로 얻은 스킬, 쇼크 웨이브에 익숙해지기 위해 수련을 시작했고, 쉬는 도중에는 차원 관문을 사용해 보곤

했다.

"50㎝ 정도 크기의 차원 관문을 만들었을 때 20미터 거리. 유지할 수 있는 시간은 3초가량이라……."

신혁돈의 곁에서 차원 관문을 만들고 있는 것을 지켜보고 있던 홍서현의 정리였다.

모든 에르그 에너지를 소모한 신혁돈은 지친 얼굴로 바위에 기대 앉았고 홍서현의 그의 곁으로 다가오며 물었다.

"어때? 사용할수록 늘어?"

신혁돈은 고개를 끄덕이며 호흡을 가다듬은 뒤 대답했다.

"스킬 랭크가 E랭크로 오르면서 에르그 에너지의 효율이 조금 올랐다."

"오."

감탄인지 실망인지 모를 탄성을 토한 홍서현이 신혁돈의 맞은 편 바위에 걸터앉으며 말했다.

"아저씨는 가이아님을 어떻게 생각해?"

뜬금없는 물음에 신혁돈의 시선이 홍서현에게로 향했고 홍서현은 그와 시선을 마주하며 덧붙여 말했다.

"태수 씨는 가이아님을 고깝게 생각하는 것 같더라고. 자기를 대신해 목숨을 걸고 싸우는데 이것밖에 못 해주냐. 이런 느낌으로 말이야."

"무조건적인 호의를 받았으니까."

의외의 대답이었는지 홍서현의 눈이 둥그래졌다.

"무슨 말이야?"

"가이아가 없었다면 인류는 아무것도 하지 못하고 멸망했겠지. 그나마 희망의 끈이라도 붙잡을 수 있게 해준 것이 가이아다."

신혁돈이 묘한 타이밍에 말을 끊자 홍서현이 혀를 차며 물었다.

"그래서?"

"그렇게 생각한다고."

"희망?"

희망이라.

가이아를 희망이라 생각해 본 적은 없다.

애초에 신을 믿는 성격도 아니거니와 희망이라는 단어를 써가면서까지 누군가에게 기댈 생각조차 없다.

저번 삶이 끝나는 그 순간까지도 그랬다.

내 행동의 결과였고 그것을 담담히 받아들였다.

아쉬운 것이 있다면 최태성의 목을 따지 못한 것과 자신을 따르던 사람을 지켜주지 못했다는 것.

이 두 가지뿐이었지 내 삶에 대한 아쉬움 같은 것은 없었다.

아니, 있긴 했다.

세상에 왜 이 지랄이 난 건지.

그게 궁금하긴 했다.

"희망이라고 생각해?"

홍서현의 재촉하는 목소리에 신혁돈은 고개를 끄덕이며 답했다.

"비슷하지."

그의 말에 홍서현은 알 수 없는 미소를 띠우며 말했다.

"그 부분은 가이아님과 같네."

"무슨 뜻이지?"

"가이아님도 아저씨를 희망이라 생각하고 있거든."

그러니 나를 되살렸겠지.

아직도 이유를 알 수 없다. 알려고 고민해 본 적도 없긴 하지만.

신혁돈의 반응이 시큰둥한 것을 본 홍서현이 물었다.

"안 궁금해? 가이아님이 아저씨를 희망이라 생각한다는데?"

"궁금해야 하나?"

"…됐다."

홍서현이 짧은 한숨을 토하자 신혁돈이 말했다.

"궁금해해 주지."

"참 멀쩡한 사람 기분 나쁘게 하는 재주가 있어."

신혁돈은 어깨를 으쓱였고 홍서현은 혀를 찼다.

"전에도 말했지만 나는 무신론자였어. 이유를 말하자면 좀 길긴 한데… 어쨌거나 어떤 계기로 신은 없다는 생각을 했어. 그리곤 그것을 증명하기 위해 세계의 모든 신화를 조사하기 시작했어. 유럽 신화, 오리엔트 신화, 중국 신화, 아프리카 신화까지. 신화란 신화는 모두 공부했고, 그러다 언어들까지 배우게 된 거야."

신혁돈은 천천히 고개를 끄덕였고 홍서현이 말을 이었다.

"공부를 하다 보니까, 신화라는 건 인간들이 힘들 때 발생한 경우가 많더라고. 자연재해라거나 곤궁기라거나 전쟁을 해야 한다거나 뭐 그럴 때 말이지. 그래서 난 결론을 내렸어. 신이란 인간들의 초월적 의지가 만들어낸 허구의 존재가 아닐까 하고 말이야."

신이란 없다 믿고 그것을 증명하기 위해 살던 그녀에게 가이아가 찾아온 것이다.

"참 아이러니하지. 이런 생각을 갖고 살던 내가 가이아의 사제가 되다니."

그녀는 팔을 뒤로 해 바위에 기댄 채 하늘로 시선을 던졌다.

"근데 또 막상 만나니까 안 믿을 수가 없더라고. 상황도 그렇고 말이야."

홍서현은 자신을 설득하듯 천천히 고개를 주억거리며 말을 이었다.

"가이아님은 아저씨를 구원자라 말했어. 모든 악을 집어삼키는 구원자. 처음에는 비유적인 표현인 줄 알았는데, 설마 진짜 괴물을 잡아먹을 거라고 누가 상상이나 했겠어."

홍서현은 혼자 킬킬거리더니 '이게 안 웃겨?' 하고 물었다.

신혁돈이 아무런 반응이 없자 입술을 비죽인 홍서현이 말을 이었다.

"그래서 내가 물어봤어. 왜 그 사람이냐고. 인류의 희망이 된 이유가 뭐냐고 했더니 말이야. 가이아님은 묘하게 웃었어. 무슨 느낌이라 해야 할까. 그래, 맞아. 아저씨가 모든 걸 다 안다는 듯이 웃을 때 있잖아? 그때랑 비슷해. '조금 있으면 너도 알게 될 것이란다.' 이런 느낌. 그래서 내가 아저씨를 찾아간 거야. 도대체 어떤 사람인가 궁금해서."

지금까지 고개만 끄덕이던 신혁돈은 궁금증이 동했는지 '그래서?' 하고 물었다.

"가이아님의 말을 이해했어."

기나긴 이야기의 끝은 생각보다 단출했다. 홍서현은 체한 속이 내려가기라도 한 얼굴로 미소를 짓고 있었다.

"끝인가?"

"응."

"싱겁군."

"그냥 얘기하고 싶어서 한 거니까."

신혁돈은 대답 대신 자리에서 일어나는 것으로 대화를 끝냈다. 홍서현은 대화를 끝내고 싶지 않은지 말을 이었다.

"너무 복잡하게 생각하지 마. 신이 아저씨를 믿고 있다고. 무려 지구의 신이."

"알겠다."

신혁돈은 워해머를 치켜들었고 홍서현은 한마디를 덧붙였다.

"누가 다치든, 혹은 죽더라도 모두 아저씨 탓이라고 생각하지 마. 누군가의 강요가 아닌 자신의 선택으로 이 자리까지 함께한 사람들이니까."

신혁돈이 듣지 못했을 리는 없다.

하지만 신혁돈은 듣지 못한 듯 천천히 걸음을 옮겼다.

그의 뒷모습을 보던 홍서현은 쯧 하고 혀를 찬 뒤 바위에 몸을 뉘였다.

곧 파란 하늘의 그녀의 시야를 가득 메웠다.

"아이고, 힘들다."

영웅은 홀로 탄생하지 않는다.

밝게 빛나는 별의 주위로는 더욱 짙은 어둠이 몰리게 마련이고 어둠을 모두 헤친 뒤에야 더욱 밝게 빛을 낼 수 있는 것이다.

만약 신혁돈이 홀로 이 모든 것을 하려 했다면 절반도 오지 못하고 고꾸라지고 말았을 것이다.

하지만 그의 주변에는 그만큼이나 훌륭한 사람들이 있다.

윤태수, 백종화, 김민희, 이서윤, 이남정, 고준영, 민강태, 한연수… 그리고 홍서현 자신까지.

홍서현은 입술을 오물거리다 눈을 꾹 감고 속으로 말했다.

'난 할 일 다했습니다!'

그리곤 후련한 듯 눈을 뜨곤 몸을 일으켰다.

그때. 멀리 걸어가던 신혁돈이 갑자기 멈춰서더니 뒤로 돌았다.

그의 모습을 바라본 순간.

신혁돈이 큰 소리로 외쳤다.

"집합!"

"…무슨 군댄 줄 알아."

작게 투덜거린 홍서현이 바위에서 일어나 엉덩이를 털고선 그에게로 걸어갔다.

*   *   *

첫째 하늘거북의 가속도가 붙은 탓인지 신혁돈의 계산보다 조금 더 일찍 부유섬 군도에 도착했다.

길드원들을 불러 모은 신혁돈이 말했다.

"내가 하늘거북을 깨우는 동안 남아 있는 하피, 혹은 함정이 있나 찾아봐."

신혁돈의 말에 다들 고개를 끄덕였고 길드원들을 한 번 훑은 신혁돈의 시선이 윤태수에게로 향했다.

자신에게 시선이 쏠린 것을 본 윤태수는 잘린 오른팔을 슥 들어올렸다. 그러자 그의 등에 메여 있던 두 개의 창이 보이지 않는 손으로 움직이듯 스르륵 뽑혀 나와 오른손에 붙었다.

"왜 그런 눈으로 봅니까? 나도 싸울 수 있습니다."

"…그래."

신혁돈이 고개를 끄덕이자 길드원들은 하나둘씩 도시락의 등으로 올랐다.

오랜만에 포식한 도시락은 깍깍거리는 기분 좋은 울음을 토한 뒤 날갯짓을 했고, 그사이 신혁돈이 먼저 날아올라 부유섬으로 향했다.

총 12개의 부유섬이 몰려 있는 부유섬 군도는 높낮이와 크기조차 제각각이었기에 하피들이 마음먹고 숨었다면 곧바로 찾아내기 힘든 구조였다.

그렇기에 신혁돈이 동화를 사용해 하늘거북을 깨우는 사이 백종화는 탐색을 하며 혹여나 있을 습격에 대비했다.

여섯 마리의 하늘거북을 깬 신혁돈이 도시락 근처로 다가오자 도시락의 목 근처에 서 있던 백종화가 말했다.

"하피는 없는 듯합니다."

"확실해?"

"확신까진 아닙니다만."

"그럼 확신할 때까지 찾아봐."

맞는 말을 해도 묘하게 사람 기분을 상하게 하는 말투다.

백종화가 고개를 끄덕이자 신혁돈은 나머지 하늘거북을 깨우러 향했다.

깨어난 여섯 마리의 하늘거북들은 낮고 긴 울음을 토하며 첫째 하늘거북의 주위를 맴돌았다.

곧 열네 마리로 불어난 하늘거북들은 자기들끼리 장난까지 쳐대며 하늘을 날았다.

먼저 첫째 하늘거북의 등으로 돌아온 길드원들이 불어난 하늘거북들을 보며 호, 하는 탄성을 토했다.

"어쩨 도시락이 증식한 느낌인데."

"그러게."

크기만 컸지, 하는 짓은 도시락하고 똑같다.

도시락은 아니라는 듯 짧은 울음을 토해댔지만 신경 쓰는 사람은 없었다.

곧 작업을 끝낸 신혁돈이 첫째 하늘거북으로 돌아왔고 첫째 하늘거북이 다시 이동을 시작했다.

신혁돈이 헤이톤의 호의를 통해 지도를 띄워놓고 이것저것 살피는 사이 심심해진 윤태수는 그의 옆에 앉아 모든 하늘거북의 수를 세기 시작했다.

곧 신혁돈이 지도를 끄려 하자 윤태수는 다급히 손바닥을 펴 그를 말리며 말했다.

"5분! 5분만 주십쇼. 거의 다 셌습니다."

신혁돈은 팔짱을 낀 채 그가 하늘거북의 수를 세는 것을 기다려 주었고 곧 윤태수는 만족스러운 얼굴을 하고선 말했다.

"사백예순둘!"

"확실해?"

"예, 두 번 셌습니다."

모든 하늘거북의 어미를 제외하면 앞으로 구해야 할 하늘거북이 448마리가 남았다는 뜻이었다.

"허."

신혁돈이 자신도 모르게 짧은 한숨을 토했다.

"그만큼 보상이 좋지 않겠습니까? 어쩌면 에픽 아이템 하나 더 나올지도 모르는 일입니다."

맞는 말이다.

시련의 난이도가 높아질수록 클리어 보상은 좋아진다.

모든 하늘거북을 구하고 하피 세 자매를 몰아낸 뒤 로스카란토의 자식들이 다스리는 차원에 평온을 되찾아주면 지금까지는 상상도 하지 못했던 보상을 받을 수 있을 것은 분명하다.

문제는 난이도.

켈라이노 한 마리를 윤태수의 손목과 바꿨다.

남은 두 마리와 셀 수도 없이 많은 하피를 잡는 데에는 어떤 위험이 기다리고 있을지 모르는 것이다.

마음 같아서는 여유를 두고 진행하고 싶었지만 곧 지구에 두 번째 그레이트 화이트 홀이 등장할 것이다.

그전에 시련을 클리어하고 지구로 돌아가야 하니 시간이 촉박하다.

신혁돈은 고개를 휘휘 저어 생각을 털어버린 뒤 말했다.

"방향을 바꾼다."

"어떻게 말입니까?"

지금의 신혁돈 일행은 별다른 동선 없이 가장 가까운 부유 섬으로 향하고 있었다.

이런 식으로 계속 움직이다 보면 분명히 동선의 낭비가 생기게 마련이다. 그럴 바에 차라리 로스카란토의 자식들을 도와 빠르게 하피 세 자매를 처리하는 게 나을 것이라는 생각이 든 것이다.

다시 지도를 띄운 신혁돈은 삼각형의 꼭짓점 중 하나를 가리키며 말했다.

"로스카란토의 자식들이 향한 곳으로 간다."

신혁돈의 생각을 얼추 눈치챘는지 윤태수가 고개를 끄덕이며 동의했고 첫째 하늘거북은 방향을 틀었다.

개미 더듬이의 모습을 한 로스카란토의 첫째 자식, 헤이톤의 말대로라면 하피 세 자매 중 질풍의 아엘로가 있는 섬의 방향이었다.

*　　　*　　　*

아흐레가 지났다.

9일의 시간 동안 동선이 겹치는 곳에 있는 부유섬마다 들러 하늘거북들을 깨운 결과, 일흔 마리가 넘는 하늘거북이 첫째 하늘거북을 둘러싼 채 날고 있었다.

바람을 다루는 하늘거북들이 함께 나는 덕인지 모두의 속도가 올라갔고 그 덕에 더욱 빠르게 움직일 수 있었다.

이틀 전.

곤도네와 두 마리의 남매가 아엘로가 있는 섬에 도착하는 것을 확인했고 신혁돈 일행은 이틀 뒤에 도착할 예정이었다.

헤이톤과 두 마리 남매는 하루 뒤에 오키페테의 섬에 도착할 것으로 보였다.

준비해 온 식사는 떨어진 지 오래고, 하피들이 저장해 둔 고기를 굽거나 말려 식사를 때우고 있었다.

그나마 다행인 점은 백종화가 있어 물 걱정은 하지 않을 수 있다는 점이다.

윤태수가 아공간에 저장하고 있던 양념으로 고기를 구워 식사를 하던 도중 계속 하늘을 바라보던 고준영이 말했다.

"총 일흔여섯 마리. 이 정도면 하피 삼천 마리 정도는 상대할 수 있지 않겠습니까?"

"모른다."

어떤 능력의 패턴 하피가 섞여 있는지, 하피 지휘관의 역량이 얼마나 되는지에 따라 갈릴 것이다.

물론 여기서 하늘거북의 수가 더 늘어난다면 그런 것들 따위 신경 쓰지 않고 화력만으로 밀어붙일 수 있을 것 같긴 했다.

별다른 문제없이 계속 비행을 하던 사이, 신혁돈의 고개가 휙 돌아갔다.

그의 시선이 향한 곳은 하늘거북들이 날아가고 있는 방향. 심상치 않음을 느낀 길드원들이 먹던 것을 내려놓고 신혁돈에게 집중했다.

"곤도네의 소리다."

"곤도네? 그 독 뿜던 지네 말입니까?"

신혁돈은 고개를 끄덕인 뒤 일어섬과 동시에 세뿔가시벌레 몬스터 폼을 발동시켰다.

그러자 길드원들은 자연스럽게 도시락의 등으로 향했고 곧 신혁돈과 도시락이 날아올랐다.

쿠구구구구구궁!

김민희의 말을 빌리자면, 10미터가 넘는 지네가 전속력으로 달려오는 모습은 정말이지 눈뜨고 보기 힘들 정도로 징그럽다.

수백 개의 다리가 동시에 땅을 박차며 전진하는 모습이란.

'좀 더 커졌다.'

게다가 곤도네가 품고 있는 본연의 기운 또한 강대해졌다.

곤도네의 머리로 시선을 향한 순간.

신혁돈은 자신의 눈을 의심했다.

'더듬이가 3개?'

곤도네를 중심으로 양옆으로 두 개의 더듬이가 더 자라있었다.

'직카와 케레즈.'

사마귀의 모습을 하고 있던 직카와 나비의 모습을 하고 있던 케레즈의 더듬이가 곤도네의 양옆에 서 있었다.

'도대체 무슨……'

곧 신혁돈과 도시락이 날아오는 것을 발견한 곤도네는 천천히 속도를 늦추었다. 그가 완전히 멈추자 전과 같이 신혁돈이 곤도네의 머리 위로 올라섰다.

어차피 하피의 말을 모르는 이들은 도시락의 위에 앉은 채 신혁돈을 바라보고 있었다.

곤도네의 머리에 오른 신혁돈이 날개를 접음과 동시에 물었다.

"무슨 일입니까?"

곤도네는 신혁돈이 아닌, 그의 뒤로 떠 있는 하늘거북들에게 시선을 고정한 채 입을 벌렸다. 케레즈와 직카 또한 같은 얼굴로 하늘거북들을 바라보고 있었다.

"오… 맙소사. 저 많은 하늘거북을 다시 보게 되는 날이 올 줄이야."

"곤도네."

신혁돈은 목소리에 에르그 에너지를 담아 곤도네의 이름을 불렀고 그제야 정신을 차린 곤도네가 신혁돈을 바라보았다.

"어떻게 된 겁니까?"

곤도네는 다시 한 번 하늘거북들을 바라본 뒤에 입을 열었다.

"일단 하늘거북들을 구해준 데 있어 감사를 표하오. 그리고 미안하오."

신혁돈은 대답 대신 고개를 끄덕였고 곤도네가 말을 이었다.

"결과부터 이야기하자면 우린 실패했소. 자네의 하늘거북 또한… 다시 봉인되고 말았소."

테이밍 스킬로 괴물을 길들일 시, 괴물이 죽는다면 주인에게 알려지게 마련이다. 하지만 신혁돈은 아무것도 느끼지 못했다.

'봉인당했기 때문인가.'

죽은 것이 아니라 산 채로 봉인을 당한 데다 테이밍을 한 지 얼마 되지 않아 친밀도 또한 낮은 상황이라 세밀한 감정까지는 느끼지 못하는 탓이 컸다.

"우리는 아엘로의 섬에 도착하는 순간 습격을 당하고 말았소. 우리가 너무 순진했소."

곤도네는 그때를 회상하는 듯 새카만 주먹을 꾹 쥐며 당시의 상황을 설명하기 시작했다.

*　　　*　　　*

이틀 전.

신혁돈에게 하늘거북 한 마리를 얻은 뒤 곤도네는 천군만마를 얻은 기분이었다.

땅에 발을 딛고 있을 때와 다름없이 힘을 사용할 수 있으며 가장 큰 문제였던 하늘을 날 수 없는 것을 해결했기 때문이다.

그에게 준 선물인 쇼크 웨이브가 자신의 마음을 표현하기에는 너무 모자란 선물이 아니었나, 하는 생각을 하던 도중 그의 시야에 아엘로의 섬이 보였다.

"내가 먼저 가보겠소."

하늘을 날 수 있게 된 이상 하피 따위는 로스카론토 자식들의 적수가 되지 못한다.

그것은 세 남매가 똑같이 갖고 있는 생각이었고 과한 자신감에 눈이 먼 그들은 직카의 결정에 동의하는 실수를 저지르고 말았다.

자신감이 충만해진 직카가 아엘로의 섬으로 날아가고 얼마 지나지 않아 곤도네는 자신의 눈을 의심했다.

새하얀 빛줄기 같은 것이 섬에서 튀어나오더니 직카를 덮쳤다.

"직카!"

빛줄기가 직카를 스치고 지나간 순간 직카는 그대로 두 동 강이 나서 땅으로 추락하기 시작했고, 그 광경을 본 케레즈가 직카를 덮친 빛줄기를 향해 돌진했다.

그 순간 직카를 두 동강 낸 빛줄기 또한 케레즈를 향해 날 아들었다.

본능적으로 위험을 깨달은 케레즈는 곧바로 고도를 높였지 만 빛줄기는 끈질기게 케레즈의 뒤를 쫓았다.

말도 안 되는 속도의 빛줄기의 궤적을 눈으로 쫓던 곤도네 는 그제야 정체를 깨달았다.

"…아엘로!"

케레즈와 아엘로가 공중에서 엉켜 싸우기 시작했고 이런 싸움에서 곤도네가 할 수 있는 것은 없었다.

수백 개의 발을 동동 구르며 하늘거북을 재촉하던 때, 케레 즈의 한쪽 날개가 찢어졌다.

무슨 공격을 하는지 보이지도 않는 와중에 케레즈가 중심 을 잃었고 그것은 사형선고나 다름없었다.

곧 케레즈 또한 직카와 같은 꼴이 되어 두 동강 난 채 추락 했다.

"…맙소사."

방금까지 가슴을 가득 채우고 있던 자신감이 온데간데없이 사라지고 난생 처음 느끼는 공포라는 감정이 스멀스멀 피어올랐다.

곤도네는 하늘거북에게 땅으로 내려가라 명령한 뒤 눈으로는 아엘로의 궤적을 쫓았다.

기운의 양만 보자면 아엘로에게서 느껴지는 기운은 곤도네에 비하자면 턱도 없이 적은 양이었다.

하지만 사용하는 방법 자체가 다르다.

문제는 경험.

아엘로는 수백, 수천 번의 전투를 겪어본 노장처럼 한 번의 수로 정확히 허점을 파고들어 순식간에 직카와 케레즈의 목숨을 끊었다.

3 : 1로 불리하던 전투의 판세를 홀로 뒤집어낸 것이다.

'이길 수 없다.'

빛줄기는 어느새 멈춰선 채로 곤도네를 바라보고 있었다.

전투에서 승리를 가져간 자의 오만한 시선이 곤도네를 내려다보고 있었다. 마치 언제라도 다시 도전하라는 듯 아엘로는 하늘에 멈추어 있었다.

거대한 몸 전체가 부들부들 떨릴 정도의 모멸감을 느끼면서도 곤도네는 참았다.

지금 자존심을 이기지 못하고 덤볐다간 그야말로 개죽음을 당하고 만다.

'지금은 참을 때다.'

곤도네는 땅에 떨어진 남매의 시체를 향해 걸어갔다.

그 순간.

"시체와 하늘거북은 두고 가라."

시선에 걸맞은 오만한 목소리가 곤도네의 귓가를 파고들었다. 곤도네는 그 자리에 멈추어 하늘을 올려다보았고 아엘로와 시선이 마주쳤다.

"듣지 못했나?"

아엘로가 한마디를 덧붙였고 결국 곤도네는 고개를 숙였다. 그리곤 아엘로가 느끼지 못하도록 천천히 기운을 뻗어 직카와 케레즈의 정수를 회수했다.

그리곤 하늘거북을 바라보았다.

하늘거북은 자신의 처지를 알고 있는 듯 두려움이 가득한 눈으로 곤도네를 바라보고 있었다.

곤도네는 자신을 바라보는 하늘거북의 시선을 애써 무시한 채 떠날 수밖에 없었다.

*　　　　　*　　　　　*

이야기가 끝나자 곤도네가 짧은 한숨을 토했고, 한숨이 채 끝나기도 전에 신혁돈이 물었다.

"아엘로가 어떤 능력을 사용하는지 보셨습니까?"

"이런 것이었소."

곤도네가 손을 뻗자 보랏빛 액체가 스멀스멀 흘러나와 하피의 형상을 이루었다.

외관상으로는 켈라이노와 비슷하게 생겼으나 날개가 두 쌍이었다. 큰 날개와 작은 날개가 있었고, 양손에는 긴 손톱이 자라 있었다.

"…아니, 손톱이 아니었어."

아엘로의 형상이 완성되어가는 것을 보던 케레즈가 고개를 저으며 말했다.

"그럼?"

"기억을 봐."

케레즈와 곤도네가 기억을 공유하는 듯 눈을 감고 입을 웅얼거렸다.

"아, 그렇군. 손톱이 아니라 단창이었나."

혼잣말을 뱉은 곤도네의 손이 이리저리 움직이자 보랏빛 아엘로의 손톱이 뚝 떨어져 나와 단창 열 개로 변했다.

즉, 한 손에 다섯 개씩의 단창을 들고 있는 기이한 모습이었다.

신혁돈의 의문을 깨달았는지 케레즈가 설명했다.

"단창을 들고 있는 게 아니에요. 보통의 하피들이 하나의 창을 다루는 것처럼 아엘로는 열 개의 창을 다뤘어요."

케레즈의 말이 끝나자 아엘로의 형상 또한 완성되었다.

"크기는 3미터 정도일세."

그렇다면 단창의 길이는 1미터 남짓.

열 개의 단창을 수족처럼 다룬다. 게다가 일격에 직카의 허리를 두 동강 낼 정도의 힘까지 가지고 있다…….

"직카, 당시의 상황을 설명해 주실 수 있습니까?"

"새하얀 빛 덩어리가 보였고 '공격당한다'는 생각이 든 순간 세 개의 창이 허리를 뚫고 들어왔소. 고통을 느낄 새도 없이 창들이 움직이며 뱃속을 헤집었고 허리가 끊어져 바닥으로 떨어졌소."

"케레즈는 어떻게 당했습니까?"

"저는 그나마 직카가 당하는 것을 본 뒤라 창을 사용한다는 것을 알았고, 대비했지만 결과는 똑같았어요. 창에 날개를 꿰뚫렸고, 결국 죽었죠."

이 정도만 하더라도 굉장한 소득이다.

로스카란토의 자식 둘이 육체를 잃은 것이 안타까운 일이긴 했지만 아엘로에게 일격에 당할 정도였다면 미리 당해 경각심을 깨우는 편이 낫다.

괜히 믿고 함께 싸우다 일격에 당했다면?

어떤 큰일이 벌어졌을지 모르는 것이다.

게다가 열 개의 창을 사용한다는 소득 또한 있다.

신혁돈은 천천히 고개를 끄덕인 뒤 곤도네에게 말했다.

"바로 아엘로의 섬으로 가겠습니다. 하늘거북에 타시죠."

곤도네가 고개를 끄덕였고 신혁돈은 첫째 하늘거북을 불러 땅으로 내려오게 한 뒤 곤도네를 태웠다.

그리곤 도시락과 함께 하늘거북에 오른 신혁돈은 하늘거북에게 방향을 정해준 뒤 길드원들을 불러 모았다.

＊　　　　＊　　　　＊

신혁돈에게 이야기를 전해들은 이들은 곤도네를 힐끔힐끔 바라보며 조그맣게 탄성을 흘렸다.

"…맙소사, 아엘로가 그렇게 강하답니까?"

"아니, 경험의 차이다. 직카가 아무리 많은 전투를 치러봤다 한들 하피 조무래기들과 싸운 경험밖에 없었어. 세 자매와는 천지차이였지."

신혁돈의 설명에 길드원들이 천천히 고개를 끄덕였다.

그들 또한 경험의 유무가 얼마나 큰 차이인지를 알고 있기 때문이다. 신혁돈을 따라 수많은 차원을 누비며 쌓아온 경험들은 모두 피가 되고 살이 되었다.

만약 신혁돈 없이 홀로 다른 차원에 떨어진다 하더라도 그 경험들을 토대로 생존할 수 있을 것이다.

길드원들이 생각에 잠긴 사이 신혁돈이 말했다.

"종화, 남정이, 태수, 따라와라."

이름을 불린 세 사람은 의문이 가득한 얼굴로 서로를 바라보면서도 신혁돈을 따라 자리에서 일어섰다.

남은 길드원들은 네 사람이 널찍한 공터로 이동하는 것을 바라보고 있었다.

　공터로 이동한 신혁돈은 세 사람을 바라보며 화두를 던졌다.

　"아까 말했다시피 아엘로는 10개의 단창을 사용한다. 일반 하피들이 사용하는 것처럼 원거리로 다루지. 그것만 막을 수 있다면 아엘로는 그저 빨리 나는 새에 불과해."

　신혁돈의 말뜻을 이해한 윤태수가 이남정 쪽으로 이동해섰고 백종화 또한 거리를 벌렸다.

　홀로 이해하지 못한 이남정은 두 사람이 하는 것을 멍하니 보고 있다 물었다.

　"보스, 이 두 사람은 몰라도 나는 그다음 말을 해줘야 이해할 거 같은데 말입니다."

　신혁돈은 귀찮다는 듯 턱짓을 했고, 그의 턱 끝에 걸린 윤태수가 입을 열었다.

　"그나마 창을 잘 다루는 우리 둘이 종화 형님을 공격하고, 종화 형님이 언령으로 창의 막아 보는 겁니다. 성공하면 아엘로의 창도 막을 수 있지 않겠습니까?"

　그제야 이해한 이남정이 아아, 하는 탄성을 흘리더니 나머지 세 사람을 번갈아 보았다.

　"원래 이렇게 똑똑한 사람들이었습니까?"

백종화와 윤태수가 헛웃음을 흘리는 사이 신혁돈은 세 떨거지를 불러 그들이 가지고 있는 하피의 창 3개를 건네받았다.

백종화가 설마, 하는 말을 뱉은 순간.

신혁돈의 손 위로 세 개의 창이 떠올랐다.

"…누군 죽을 둥 살 둥 연습해서 두 개 다루는데, 저 양반은 들자마자 세 개야? 이거 세상이 너무 불공평한 거 아니오?"

이남정이 불평을 토해내는 사이 윤태수는 혀를 내둘렀다.

그의 말대로 윤태수 또한 죽을힘을 다해 연습해서 하나를 겨우 다루고 있다.

한데 저 인간은 창을 들자마자 세 개라니?

신혁돈과 자신 사이에 보이지 않는 실력의 벽이 있다는 것은 알고 있지만 막상 눈으로 보자니 알 수 없는 허탈함이 들었다.

"연습하면 된다."

영혼 없는 말을 던진 신혁돈은 세 개의 창을 이리저리 움직이며 백종화와 거리를 벌린 뒤 말했다.

"시작하지."

*　　　　*　　　　*

"멈추어라!"

신혁돈이 날린 여섯 개의 창이 백종화의 머리와 심장, 그리고 복부를 노리고 날아들었다.

그 순간 백종화가 손을 뻗으며 언령을 발동시켰지만 창은 허공에서 잠시 멈췄을 뿐, 기세를 잃지 않고 그대로 날아왔다.

"…실드."

티티팅!

멈출 수 없다 판단한 백종화는 결국 방어막을 형성시켜 신혁돈이 날린 창을 막아냈다.

"누가 실드 쓰래?"

"안 쓰면 진짜 꽂을 거 아닙니까."

신혁돈은 아니라는 말 대신 허공에 손을 휘둘러 바닥에 떨어진 창들을 회수했다.

그의 옆에 반쯤 누워 그 광경을 바라보고 있던 윤태수와 이남정은 혀를 내둘렀다. 하피의 창을 다루는 것은 생각보다 많은 에르그 에너지를 소모했다.

거의 두 시간이 넘는 연습 끝에 이남정과 윤태수는 모든 에르그 에너지를 소모하고 뒤로 빠졌다.

그러자 신혁돈은 윤태수와 백종화의 창까지 받아들여 여섯 개의 창을 다루기 시작했다.

"누가 괴물 아니랄까봐."

"보스는 우리랑 다른 거 먹고 산답니까?"

"몰랐습니까? 저 양반, 괴물 고기 먹고 살지 않습니까."

"아, 맞네."

두 사람이 만담을 나누는 사이에도 신혁돈의 창은 쉴 새 없이 백종화의 온몸을 노렸다.

창 하나하나가 살기를 품고 있는 터라 백종화의 입장에서는 죽을 맛이었다.

이런 말도 안 되는 훈련을 두 시간 넘게 하고 있다 보니 감각은 숫돌로 갈아놓은 검처럼 날카롭게 섰고, 언령을 사용하는 방식 또한 생각보다는 본능으로 하게 된다.

몸 전체를 감싸는 실드가 아닌 창의 머리 부분만 막아내는 실드를 사용하고 '멈춰라' 대신 '휘어라' 혹은 '떨어져라' 같은 언령의 응용까지도 보여주었다.

신혁돈이 다루는 여섯 개의 창이 각기 다른 속도로 다른 방향을 노리며 백종화의 몸을 노리고 쏘아졌다.

저 인간은 나를 죽이려는 게 분명하다.

백종화가 이를 악물며 실드를 발동시킨 순간.

백종화의 눈에만 보이는 메시지 창이 떠올랐다.

"…어?"

파파파파파팍!

순간 막아내지 못한 여섯 개의 창이 실드의 사용 범위를 넘어 몸에 박힐 듯 지근거리까지 날아갔다.

윤태수와 이남정이 화들짝 놀라며 일어선 순간 백종화가

말했다.

"물러서라."

그 순간 백종화의 몸에 꽂힌 듯 보였던 여섯 개의 창이 마치 누군가 손으로 쥐고 있는 듯 천천히 뒤로 물러섰다.

"돌아."

말이 끝나기 무섭게 백종화에게 향해 있던 창끝이 신혁돈에게로 향했다.

그 광경을 보고 있던 이남정과 윤태수가 믿을 수 없다는 듯 물었다.

"어떻게……?"

"워후."

신혁돈은 피식 웃으며 말했다.

"축하한다."

그제야 신혁돈을 노리며 창끝을 번들거리던 창들이 힘을 잃고 바닥으로 떨어졌다.

"어떻게 된 겁니까?"

"스킬 랭크가 한 단계 올랐다."

백종화의 메인 스킬인 각성 언령이 F랭크에서 E랭크로 오른 것이다.

각성 스킬의 랭크 업은 일반적인 스킬의 랭크 업과는 어마어마한 차이를 보인다.

일단 스킬의 랭크 업이 굉장히 어렵다. 단순히 사용하는 것만으로 랭크가 오르는 것이 아니라 스킬에 대한 정확한 이해가 필요하고, 그것에 따라 스킬의 랭크가 올라가는 것이다.

그런 만큼 스킬의 랭크가 오를수록 괴랄한 효율을 보인다.

방금까지 신혁돈이 날리는 창을 하나도 막지 못하던 백종화가 여섯 개 전부를 막아내고 창에 담겨 있던 신혁돈의 에르그 에너지를 몰아낸 뒤 주도권을 쥔 것이 그 예나 다름없다.

"…어마어마합니다"

두 사람이 놀라는 사이 백종화는 웃음 띤 얼굴을 하고선 신혁돈을 바라보았다.

"이것도 노리신 겁니까? 한계까지 몰아붙여서 스킬 랭크 업하게 하려고?"

신혁돈은 대답 대신 길드원들이 있는 곳으로 걸어가 바위 하나를 차지하고 몸을 뉘였다.

그리곤 손을 휘휘 저었다.

그러자 저쪽에서 놀고 있던 도시락이 크기를 줄이며 날아와 신혁돈의 배 위에 앉았다.

일련의 가정을 지켜보고 있던 이남정이 헛웃음을 흘리며 물었다.

"…무슨 의미입니까 저건?"

"부끄러워하시는 거 아니겠습니까."

"저게 말입니까? 제 생각엔 대답하기 귀찮아서 저러는 것 같은데."

"그것도 가능성은 있어 보입니다."

윤태수가 대답하며 어깨를 으쓱였고 백종화는 미소를 띤 채 신혁돈을 바라보았다.

*   *   *

아엘로가 있는 섬으로 향하는 사이, 신혁돈은 중간중간 헤이톤의 호의를 통해 지도를 불러 상황을 살폈다.

아엘로의 섬까지 3시간 정도의 거리가 남았을 때.

"헤이톤이 승리했다."

헤이톤이 갔던 오키페테의 섬에 있던 하피들이 모든 하늘거북의 어미 섬으로 향하는 것이 포착된 것이다.

"오키페테도 죽었겠죠?"

"그것까진 모르지."

지도로 알 수 있는 것은 섬을 되찾았다는 것뿐이다. 오키페테가 상처를 입고 도망친 것인지 죽었는지는 알 수 없다.

"제발 죽었으면… 지구로 좀 돌아가고 싶습니다."

이남정의 말에 대부분이 고개를 끄덕였다.

제대로 씻어본 건 언제고, 따뜻한 쌀밥 한 그릇을 먹어본 게 언제인지 가물가물할 정도다.

차라리 시원하게 전투를 하면 시간이라도 빨리 갈 텐데 이동에만 죽도록 시간을 쓰고 있으니 별의별 생각이 다 들어 오히려 힘든 느낌이다.

신혁돈 또한 동의의 의미로 고개를 끄덕인 뒤 지도를 보았다.

그리곤 고개를 모로 꺾었다.

모든 하늘거북의 어미 섬이 움직이고 있었다.

신혁돈은 미간을 찌푸리며 지도를 보았고 그의 반응을 본 이들이 지도로 시선을 던졌다.

"…맙소사."

지도를 보고 있던 백종화가 신음을 흘렸다.

모든 하늘거북의 어미 섬이 움직이고 있는 것이 아니었다.

모든 하늘거북의 어미 섬을 뒤덮을 정도로 많은 수의 하피가 신혁돈 일행을 향해 날아오고 있었다.

"이거 어떻게 합니까?"

윤태수의 물음에 모든 길드원의 시선이 신혁돈의 입으로 향했다.

*　　　　*　　　　*

지도상으로 보아도 수만은 될 것 같아 보였다.

진행 속도를 보자면 신혁돈 일행이 아엘로의 섬에 도착한 뒤 몇 시간 내로 하피들이 들이닥칠 것이다.

까딱하면 아엘로의 하피들과 싸우는 와중에 엄청난 수의 하피들에게 뒤를 잡힐 수도 있다.

"속도를 높인다!"

신혁돈의 말에 윤태수가 물었다.

"아엘로의 섬으로 향합니까?"

신혁돈은 고개를 끄덕인 뒤 세뿔가시벌레 몬스터 폼을 발동시키며 날아올랐다.

그가 곤도네에게 가는 사이 두 사람의 대화를 이해하지 못한 이들의 시선이 윤태수에게로 향했다.

"지금 우리가 선택할 수 있는 수는 두 가지입니다. 첫째는 하피 떼들을 모두 잡고 움직이는 것, 둘째는 아엘로를 먼저 잡고 둘째 하늘거북을 깨운 뒤 그곳에서 하피 떼와 전투를 하는 겁니다."

잠시 말을 끊은 윤태수는 다른 이들을 살폈다. 그들이 이해한 얼굴로 고개를 끄덕이고 있자 다시 말을 이었다.

"혁돈 형님이 선택한 방법은 두 번째입니다. 첫째는 변수가 너무 많습니다. 패턴 하피들이 어떤 능력을 가지고 있을지도 모르는 데다가 만약 아엘로나 오키페테가 합류하기라도 한다면 매우 힘들어질 겁니다."

"둘째도 변수가 많긴 마찬가지 아닙니까?"

윤태수의 말이 끝나자 이남정이 물었고, 윤태수는 고개를 저었다.

"첫째보단 적습니다. 게다가 둘째 하늘거북을 깨울 수만 있다면 패턴이 없는 하피들은 수천수만이 몰려와도 상대할 수 있을 겁니다."

첫째 하늘거북의 능력을 본 이들이었기에 자연스럽게 고개가 끄덕여졌다.

윤태수의 설명이 끝나자 팔짱을 낀 채 앉아 있던 백종화가 말했다.

"아엘로를 얼마나 빨리 잡을 수 있느냐가 중점이겠군."

"그렇지 말입니다. 곤도네의 말에 따르면 켈라이노처럼 이 능을 사용하는 게 아니라 밀리 계열인 것 같으니 오히려 쉬울 수도 있지 않겠습니까?"

"글세, 로스카란토의 자식들 중 둘을 순식간에 죽일 정도의 실력과 그런 상황을 만들 정도의 머리가 있는 놈이야. 쉽진 않을 거다."

듣다 보니 백종화의 말도 맞는 것 같아 고개를 끄덕인 윤태수가 말했다.

"형님이 아엘로가 다루는 열 개의 창 중 몇 개나 막을 수 있느냐도 중요하겠습니다."

고개를 돌려 곤도네와 대화를 나누고 있는 신혁돈을 바라보고 있던 백종화가 답했다.

"그렇겠지."

신혁돈의 생각대로 이루어져 아엘로를 잡은 뒤 둘째 하늘 거북을 깨울 수만 있다면?

　순식간에 일곱 번째 시련을 끝내고 지구로 돌아갈 수 있다.

　"어쩌면 마지막 전투가 될 수도 있겠습니다."

　이남정이 말을 툭 뱉었고, 다른 이들 또한 비슷한 생각인지 깊이 잠긴 눈으로 서로를 바라보며 고개를 끄덕였다.

　　　　　＊　　　　　　　＊　　　　　　　＊

　지도를 본 곤도네가 침음을 흘렸다.

　"아엘로를 빠르게 처리할 수 있다면야 완벽한 작전이라 말할 수 있겠소만… 만약 아엘로를 처치하지 못한다면 되돌릴 수 없는 자충수가 될 것이오."

　곤도네가 신혁돈 또한 알고 있는 부분을 굳이 짚어 말했다. 신혁돈은 곤도네의 눈으로 시선을 던졌다.

　그의 눈에는 걱정이 서려 있었다. 그보다 깊은 곳에서는 두려움이 보였다.

　차원 수호자의 자식, 혹은 분신이라는 이름으로 하피들과 싸울 방법만 있다면 언제든 몰아낼 수 있다는 자신감이 단 한 번의 격돌로 박살 났다.

　곤도네에게 아엘로는 그런 존재였다.

　자신의 자신감, 그 이상의 자존감을 박살 낸 존재.

곤도네의 감정을 충분히 이해할 수 있다. 그렇기에 신혁돈은 차분히 답했다.

"아엘로는 내 손에 죽을 것이고, 로스카란토는 다시 차원 수호자의 이름을 얻게 될 거니 걱정할 것 없습니다."

곤도네가 잃어버린 자신감 전부를 신혁돈이 집어삼킨 느낌이었다.

"허허……."

대답할 말이 없어 짧은 웃음을 토한 곤도네는 머쓱한 표정을 지으며 팔짱을 꼈다. 어색한 침묵 사이 직카가 걸쭉한 목소리로 말했다.

"고맙소, 그리고 부탁하오. 만약 당신이 실패한다 하더라도 절대 목숨을 걸진 마시오. 어떻게든 살아남아야 후일을 도모할 수 있을 테니."

이들은 승리라는 단어를 잊은 듯 패배만을 생각하고 있었다.

만약 이런 이들을 데리고 전투를 벌여야 했다면 신혁돈은 홀로 전투에 임했을 것이다.

하지만 신혁돈의 뒤에는 패러독스가 있고, 이들은 들러리일 뿐이다.

더 이상 대화를 하다간 자신까지 힘이 빠질 것 같아 신혁돈은 알겠다 대답한 뒤 패러독스에게로 돌아왔다.

　　　　　*　　　　　　*　　　　　　*

　윤태수는 하피의 창을 펜 삼아 바닥에 그림을 그리고 있었다.

　어느새 다 외운 것인지 아엘로의 섬과 현재의 위치, 그 사이에 있는 모든 섬들이 땅에 그려져 있었다.

　신혁돈의 겹날개가 굉음을 뿌리며 날아오자 흙먼지가 훅 피어올랐고, 그 덕에 윤태수가 땅에 그리고 있던 그림은 싹 지워졌다.

　"…아."

　윤태수는 무어라 말도 못하고 신혁돈을 노려보았다.

　"뭐."

　"…지도 좀 켜주실 수 있으십니까."

　신혁돈은 대답 대신 지도를 켜주었고 곧 윤태수와 백종화가 다가와 지도를 보며 작전을 세우기 시작했다.

　두 사람은 남은 시간과 동선, 가면서 얻을 수 있는 하늘거북의 수, 하피가 날아오는 데 걸리는 시간과 정확한 수 등등을 들고 온 수첩에 기록하며 대화를 나누었다.

　대화는 두 시간이 넘게 지속되었고 곧 지도가 필요 없게 되자 신혁돈은 가만히 앉아 그들의 대화에 귀를 기울였다.

　곧 결론이 났는지 윤태수와 백종화가 모든 길드원들을 불러 모은 뒤 설명을 시작했다.

"결론을 내리자면 우리가 아엘로의 섬에 도착한 뒤 3시간 안에 아엘로와 모든 하피들을 잡아야 합니다."

"간단하네."

"아엘로의 섬으로 향하는 경로에 있는 하늘거북의 수는 34마리, 지금 보유하고 있는 76마리와 더하면 총 110마리의 하늘거북이 우리의 전력이 됩니다."

말이 110마리지 109개의 마을과 1개의 도시가 하늘을 떠다니는 것과 마찬가지다.

"엄청난 스케일이네."

"솔직히 말하자면 수만 마리의 하피가 얼마나 많은 건지 상상도 안 갑니다."

"그러게. 어지간한 요즘 고등학교의 총원이 천 명 안팎인데… 그럼 수십 개의 학교가 모여 있다는 건가?"

"그렇지."

잡다한 말이 오가고 이남정이 물었다.

"켈라이노의 섬을 공격했을 때처럼 갑니까?"

"아뇨, 하늘거북의 수가 너무 많아 불가능합니다. 전면전으로 갈 겁니다. 혁돈 형님이 아엘로를 상대하고 나머지는 패턴 하피들을 맡을 겁니다. 일반 하피들은 하늘거북들이 지원합니다."

"만약 아엘로가 생각보다 강하면 어떻게 합니까?"

이남정의 물음에 가만히 듣고 있던 신혁돈이 답했다.

"지원을 요청하지."

지원 방법에 대해 이것저것 논의가 끝나고 질문 타임까지 끝나자 어느새 저녁을 먹을 시간이 되었다.

저녁을 먹으면서 거의 하루 종일 이야기를 나누자 구체적인 작전이 완성되었고, 신혁돈은 곤도네에게 그가 해야 할 일에 대해 설명해 준 뒤 돌아왔다.

＊　　　＊　　　＊

신혁돈의 시선 끝에 아엘로의 섬이 걸렸다.

"곧 도착한다."

모든 준비는 끝났다.

첫째 하늘거북을 중심으로 학익진을 펼쳐 모든 하늘거북들을 배치해 두었고 신혁돈 일행은 도시락에 올랐다.

도시락의 등에 선 신혁돈은 아엘로의 섬을 가리키며 말했다.

"일단 섬에 상륙하는 것을 최우선으로 한다."

미리 말해두었던 내용이었기에 질문을 하는 이는 없었다.

아엘로의 섬이 빠르게 가까워졌고, 곧 신혁돈 일행이 다가오는 것을 발견한 하피들이 날아올랐다.

수천 마리는 될 것 같은 수.

"일단 한 방 쏘고 시작합시다."

윤태수의 말에 고개를 끄덕인 신혁돈이 첫째 하늘거북에게 명령했다.

'쏘아라.'

신혁돈의 말이 떨어지기 무섭게 첫째 하늘거북의 등으로 어마어마한 양의 에르그 에너지가 모여들었다.

예의 포효를 쏘려는 것이다.

웅혼하다는 말이 딱 어울릴 정도의 에르그 에너지가 하늘거북 특유의 바람 기운으로 변해 입으로 모여들었고, 입이 열린 순간.

"그어어어어어어어!"

엄청난 범위의 충격파가 발사되었다.

미리 대비를 하고 있던 도시락마저 휘청일 정도로 위력적인 충격파가 하피들을 향해 쏘아졌고, 하피들은 대경실색하며 사방으로 흩어졌다.

하지만 범위가 워낙 커서 많은 하피가 충격파에 휩쓸렸고, 한 줌 고깃덩이가 되어 떨어졌다.

그 순간 전투가 시작되었다.

창을 든 수많은 하피가 저마다 고함을 질러대며 하늘거북들에게 달려들었고, 하늘거북들 또한 포효를 질러대며 충격파를 쏘아붙였다.

그 사이로 새하얀 빛줄기 하나가 신혁돈을 향해 날아오는 것이 보였다.

"가자."

신혁돈은 세뿔가시벌레 몬스터 폼을 발동시키며 도시락의 등에서 뛰어내렸다.

"까아아악!"

도시락 또한 크게 포효하며 전장으로 날아들었다.

뛰어내린 신혁돈은 그대로 고도를 높였고 질풍의 아엘로는 이름 그대로 어마어마한 속도를 내며 신혁돈을 쫓아 고도를 높였다.

두 쌍의 날개를 가진 덕인지 방향의 전환이나 속도에 있어서도 신혁돈 못지않은 속도를 냈다.

최대한 시간을 끌기 위해 날아오르던 신혁돈은 더 이상 시간을 끌 수 없음을 깨닫고 몸을 돌려 아엘로를 바라보았다.

새하얗고 거대한 날개에 여인의 몸을 하고 있는 괴물.

뭇 남성이라면 혹할 만한 몸매와 얼굴을 하고 있었으나 신혁돈의 눈에는 그저 괴물로 보일 뿐이었다.

무덤덤한 신혁돈의 눈을 본 아엘로는 곧바로 공격을 하는 게 아닌 말을 걸었다.

"과연 아이가투스 님께서 관심을 가질 만하구나."

아엘로는 말을 하면서도 열 개의 단창을 쉴 새 없이 움직였다. 공격적인 움직임이 아닌, 자신의 힘을 과시하기 위한 움직임이다.

신혁돈이 대답이 없자 아엘로가 말을 이었다.

"아이가투스 님의 관심을 받았다는 게 무슨 의미인 줄 모르나?"

또다시 대답이 없자 아엘로가 뚱한 표정이 되어 말했다.

"벙어리야?"

"아니."

"그럼 말을 해야지."

"켈라이노의 힘, 그것을 사용하는 인간이 있다. 알고 있나?"

말을 하라 했더니 자신의 말에 대한 대답이 아닌 질문을 한다. 난생 처음 겪는 화법에 아엘로가 헛웃음을 흘렸다.

그리곤 기다란 손가락으로 붉은 입술을 훑으며 답했다.

"안다면?"

"마신, 혹은 그 아래 존재들이 인간들을 회유하고 있다는 소리인가? 그렇다면 너희가 지원하는 인간의 수는 얼마나 되지?"

"너희 인간의 말 중에 마음에 드는 말이 있더라고. 기브 앤 테이크. 오는 게 있으면 가는 게 있다고. 내가 대답했으니 네가 대답할 차례 아냐?"

하피 주제에 영어까지 섞어서 사용한다.

긴 질문을 던진 아엘로는 미소를 짓고 있었다.

그녀의 반응에 대해 곰곰이 생각해본 신혁돈은 결론을 내렸다.

마신 그리드와 인간의 관계가 신혁돈의 생각보다 깊다는

방증.

신혁돈은 전장을 내려다보았다.

패러독스를 아엘로의 섬에 내려준 도시락은 자신의 힘을 유감없이 뽐내며 하피들을 도살하고 있었고, 하늘거북들 또한 마찬가지였다.

하피들이 던지는 창은 하늘거북에 닿기도 전에 고꾸라졌고, 창을 던진 이 또한 칼날 같은 바람에 의해 조각나 추락한다.

대충 훑어봐도 유리한 전황.

그럼에도 아엘로는 여유가 넘치는 표정으로 신혁돈을 바라보고 있었다.

'믿는 수가 있나 보군.'

그것을 알아낼 때까지는 아엘로를 묶어두어야 한다. 하지만 오랜 시간을 끌 순 없다. 신혁돈의 뒤통수를 노리고 날아오는 수많은 하피 때문이다.

그렇다면 10분 안에 모든 정보를 얻어낸 뒤 아엘로를 죽인다.

마음을 굳힌 신혁돈이 아엘로를 바라보며 말했다.

"질문해라."

*　　　　*　　　　*

짧은 대답에 아엘로는 미간을 살짝 구긴 채 말했다.

"시련에 대해 얼마나 알고 있지?"

예상외의 질문. 이번에는 신혁돈의 미간이 구겨졌다. 그의 반응을 본 아엘로는 드디어 미소를 지었다.

"11개의 시련을 클리어하면 마왕을 만날 수 있다는 것."

신혁돈의 대답에 아엘로는 짐짓 놀란 표정을 지었다.

"그것밖에 모른다고? 아니면 숨기는 것인가?"

"내 차례다."

아엘로는 흐응 하는 비음을 흘린 뒤 고개를 끄덕였다. 그러면서도 여유가 넘친다.

도대체 무얼 숨기고 있는 거지?

"켈라이노의 힘을 사용하는 인간에 대해 알고 있나?"

"알고 있지. 너도 알걸? 네 눈앞에서 죽었잖아."

텐구를 말하는 것이다.

마왕의 시련이 있는 것을 신혁돈보다 먼저 알고 있고 그것을 이용하는 사람이 있다.

텐구 또한 그것을 알고 이용한 것이다.

만약 켈라이노를 먼저 만났다면 텐구를 죽이지 않고 정보를 캐냈을 것이다.

후회를 해봤자 이미 늦은 상황.

신혁돈은 고개를 휘휘 저었다.

켈라이노는 일곱 번째 시련에 등장하는 괴물이다. 그 위 단계의 존재하는 괴물의 힘을 받은 인간이 분명 존재할 것이다.

"어떻게 힘을 얻은 거지?"

아엘로는 어깨를 으쓱인 뒤 신혁돈의 자세를 따라하는 듯 허리를 곧게 펴고 말했다.

"내 차례다."

몸짓 하나하나에 교태가 섞여 있다.

날개와 다리 끝에 달린 새의 발만 아니라면 아름다운 여성이라 생각해도 될 법한 모습. 게다가 자신의 모습이 인간에게 매력적으로 보인다는 것을 알고 있는 듯 끊임없이 교태를 부린다.

'인간을 많이 겪어본 모양이군.'

"켈라이노를 죽인 뒤 어떤 보상을 얻었지?"

"텔레포트."

대답을 한 신혁돈이 천천히 고개를 끄덕였다.

인간의 성장 방식, 즉 가이아의 시스템이 어떻게 작용하는지까지 알고 있는 것이다.

신혁돈은 이번 질문으로 확신할 수 있게 되었다.

괴물에게 협력하는 인간들이 있으며 그들은 어떠한 방법을 통해 괴물들과 연락을 주고받고 있다.

그들이 누구인지, 어떠한 방법을 통하는지는 지구로 돌아가 알아보면 된다.

아엘로에게 묻는다 한들 어차피 대답해 주지 않을 것이 분명하기 때문이다.

신혁돈은 마지막 질문을 던졌다.

"계약한 인간이 더 있나?"

아엘로는 귀찮다는 듯 팔짱을 끼더니 말했다.

"나를 이기면 전부 알려줄게."

"바로 죽을 테니 말할 틈 없다. 지금 말해."

"뭐? 하하하하!"

아엘로가 배를 붙잡으며 웃음을 터뜨렸다. 새가 지저귀는 듯한 간드러지는 목소리에 신혁돈이 미간을 찌푸렸다.

"자신감이 하늘을 찌르네. 그래, 어차피 너도 살아 돌아갈 순 없을 테니 마지막 아량을 베풀어줄게. 뭐든 물어봐."

무엇이든?

갑자기 생긴 기회에 신혁돈의 머리가 팽팽 돌기 시작했다.

아이가투스가 자신에게 관심을 가진 이유와 그것으로 인해 벌어질 일, 혹은 앞으로 남은 시련에서 등장하는 괴물들의 정체.

그 모든 것보다 중요한 것이 있다.

"계약한 인간의 수."

내부의 적.

차원문이 생긴 지 1년 하고 6개월이 지난 지금 내부의 적은 아직 완벽히 뿌리내리지 못했을 것이다.

그러니 지금 완벽히 뿌리를 뽑아버려야 한다.

그렇지 않는다면 더욱 깊게 뿌리를 내릴 것이고 종국에는 인류 전체를 좀먹는 기생충이 될 것이 분명하다.

앞으로 등장할 적들은 신혁돈의 눈앞에 나타난다.

적어도 그림자 아래 숨어 호시탐탐 뒤통수를 노리진 않는다는 뜻. 만약 더 높은 등급의 그레이트 화이트 홀을 제거하는 도중 믿고 있던 길드, 혹은 단체에게 뒤통수를 맞는다면?

아무리 신혁돈이라도 죽을 것이다.

신혁돈의 질문을 들은 아엘로는 자신의 볼을 톡톡 건드리더니 답했다.

"인간뿐일까? 셀 수도 없이 많지."

머릿속이 복잡해졌다.

인간뿐이라니?

다른 차원의 종족들 또한 마왕의 힘을 받고 있단 말인가?

눈을 꾹 감았다 뜬 신혁돈은 생각을 정리했다.

다른 종족은 중요하지 않다.

마신 그리드가 지구를 침공하는 것을 전쟁이라 하자.

그렇다면 스파이를 심어 내부를 교란하는 것은 기초 중의 기초적인 전술이다.

가이아의 목소리를 흉내 내는 것도, 인간들에게 힘을 줘 자신들의 세력을 심는 것도 전술의 일환이다.

문제는 무엇 때문에?

그리드의 목표가 단순히 지구상의 존재하는 인간을 전멸시키는 것이라면 굳이 스파이를 심을 필요도 신혁돈을 교란시킬 필요도 없다.

계속해서 차원문을 만들고 그레이트 화이트 홀을 생성시키면 인간들은 버티지 못할 것이다.

간단히 생각하면 침공에 드는 시간을 줄이기 위해서라 생각할 수도 있다.

그런 이유 때문에 인간에게 힘을 준다?

마왕들의 자존심은 하늘을 찌른다.

아이가투스만 보아도 알 수 있다.

자신의 시련을 클리어하다 다른 시련에 도전했다는 이유만으로 분노해서 신혁돈을 자신의 시련으로 끌고 올 정도.

마왕이 그런데 마신은 어떻겠는가?

그런 이가 침공을 위해 인간과 타협한다?

말이 맞지 않는다.

생각을 정리한 신혁돈이 물었다.

"그리드의 목적이 뭐지?"

"그리드? 마신 그리드 님?"

신혁돈이 고개를 끄덕이자 아엘로는 고개를 갸웃했다.

"너, 정말 아무것도 모르는구나?"

신혁돈이 대답이 없자 아엘로가 짧은 한숨을 토했다.

"그런 놈이 가이아의 선택을 받고 아이가투스 님의 관심을 받아? 하, 분에 넘치는 사랑을 받고 있네."

신혁돈의 미간이 구겨지자 아엘로는 마음에 든다는 듯 미소를 흘렸다.

"말해라."

"흥이 식었어."

아엘로는 대답할 생각이 없다는 듯 손을 휘저어 열 개의 창으로 신혁돈을 겨누었다.

"말하게 만들어주지."

대답과 동시에 신혁돈이 크게 포효했다.

신혁돈의 포효가 들린 순간 백종화를 태우고 있던 도시락이 대답하듯 포효하며 신혁돈에게로 날아왔다.

도시락의 등 위에는 백종화가 있었고, 그는 아엘로의 창을 막기 위해 눈을 부릅뜨고 있었다.

만약 열 개의 창을 상대해야 한다면 무조건 신혁돈이 불리하다.

그렇다면?

처음부터 주도권을 잡아 창을 조종할 시간을 주지 않으면 된다.

신혁돈은 곧바로 아엘로에게 돌진했다.

아엘로 또한 곧바로 열 개의 창을 움직였다.

하지만 신혁돈이 반 호흡 먼저 날개를 움직였고, 그 결과 열 개의 창이 신혁돈을 포위하듯 전 방위를 뒤덮었지만 신혁돈은 그보다 빨랐다.

아엘로의 창은 신혁돈이 지나간 공간을 휘저었고, 그 순간 신혁돈의 워해머가 아엘로의 머리를 노리고 떨어져 내렸다.

후우웅!

아엘로가 처음으로 당황한 표정을 지으며 네 개의 날개를 휘저어 신혁돈의 워해머를 피했다.

덕에 신혁돈의 워해머는 허공을 갈랐지만 신혁돈은 당황하지 않고 두 번째 공격을 이어갔다.

'무슨 속도가!'

얼마나 큰 힘이 담겨 있는지 신혁돈의 워해머가 휘둘러질 때마다 대기가 찢어발겨지며 소름끼치는 비명을 질러댔다.

그런데도 가벼운 검을 휘두르듯 엄청난 속도로 휘둘러지고 있다.

아엘로는 간신히 공격을 피하면서도 계속해서 창을 조종했다.

하지만 이미 가까이 붙은 신혁돈의 공격보다 빠를 순 없었고, 아엘로는 거리를 벌리기 위해 애를 써야 했다.

그 덕에 아엘로의 창은 계속해서 신혁돈의 뒤를 쫓을 수밖에 없는 상황이 연출되었다.

'이대론 당한다!'

1초.

단 1초만 거리를 벌릴 수 있다면 신혁돈은 자신의 창을 상대하느라 따라붙지 못할 것이었다.

이 모든 결과가 단 반 호흡에서 비롯된 것이다.

'강해.'

괜히 아이가투스의 관심을 받고 있는 존재가 아니라는 생각이 들었다.

아엘로는 붉은 입술을 깨물며 신혁돈을 바라보면서도 끊임없이 퇴로를 물색했다. 그런 와중에 자신의 발밑을 맴돌고 있는 거대한 새를 발견했다.

'저건 또 뭐야?'

거리를 벌린 순간 저 새와 등에 타고 있는 인간이 자신을 공격한다면?

창이라는 공격 수단을 신혁돈에게 모두 쏘아붙이고 나면 자신에게 남는 것은 몸뚱아리뿐이다.

그것으로 저 둘의 공격을 막을 수 있을까?

확신이 들지 않는다.

후웅! 후우웅!

신혁돈은 생각할 틈조차 주지 않겠다는 듯 미친 듯한 속도로 워해머를 휘둘러댔다.

아엘로의 시선이 신혁돈에게서 떨어져 아래로 향한 순간 양손으로 워해머를 들고 있던 신혁돈의 오른 손이 워해머의 손잡이에서 떨어졌다. 그러고는 모습이 변화하며 기다란 가시의 형태를 이루었다.

푹!

"꺄아악!"

위해머와 거대한 새를 신경 쓰느라 순간 신혁돈의 손을 놓쳤고, 그 결과 기다란 랜스의 모습으로 변한 신혁돈의 손이 아엘로의 가슴을 노리고 찔러 들어왔다.

아엘로는 급히 몸을 틀었고, 피하나 싶었지만 결국 작은 날개 하나를 꿰뚫리고 말았다.

방심.

공격의 턴을 넘겨준 대가로 네 개의 날개 중 하나를 잃었다.

"아… 안 돼!"

날개를 꿰뚫은 가시 같은 손이 이번엔 복부를 노리고 찔러 들어오고 있었다. 그리고 왼손에 들린 위해머는 머리를 노리고 떨어지고 있다.

뒤로 피한다면?

가시처럼 변한 신혁돈의 손이 배를 찔러 들어올 것이다.

위로 피한다면?

머리가 부서진다.

아래로 피하면?

날아오르고 있는 새에게 공격당할 것이다. 덤으로 몸의 일부가 꿰뚫릴 것은 당연한 결과.

"꺄아아아!"

아엘로는 기성을 지르며 신혁돈의 품으로 달려들어 그를 껴안았다.

네 쌍의 날개가 신혁돈의 움직임을 포박한 순간, 머리를 향해 휘둘러지던 워해머가 갈 곳을 잃었지만 신혁돈의 오른손이 아엘로의 배를 꿰뚫었다.

푸욱!

배에 어른 주먹만 한 구멍이 뚫렸지만 아엘로의 눈빛은 사그라들지 않았고, 오히려 불타오르고 있었다.

'찔러라!'

열 개의 창이 신혁돈의 뒤를 노리고 날아들었다.

신혁돈의 뒤통수와 등, 척추와 날개를 노리고 쏟아지는 창들. 단 하나만 공격에 성공하더라도 전투의 주도권을 가져올 수 있는 필사의 일격이자 마지막 도박이었다.

그 순간 아엘로의 귀 바로 옆에 있던 신혁돈의 입술이 열렸다.

"네가 졌다."

"무슨……?"

그때 발밑을 날던 거대한 새로부터 엄청난 기운이 쏘아 올려졌다.

우우우웅!

기운이 창을 덮친 순간.

맹렬한 기세로 신혁돈을 머리를 박살 낼 것 같이 날아들던 창 하나가 허공에서 뚝 멈추었다.

하나를 시작으로 보이지 않는 이의 손에 잡힌 듯 두 개, 세 개가 멈추었고 이윽고 일곱 개가 멈춘 순간 두 개가 신혁돈의 허벅지를 꿰뚫었고, 하나는 어깨를 꿰뚫었다.

믿을 수 없는 현실에 아엘로는 창을 움직일 생각조차 하지 못한 채 물었다.

"어… 어떻게?"

"경험의 차이지."

아엘로가 수많은 전투를 겪어봤다 한들 신혁돈보다 많은 전투를 겪어봤을 리 없다.

단 반 호흡과 한순간 창을 막을 수 있는 방법.

이 두 가지로 이길 수 없을 것 같은 전투에서 손쉽게 승리를 쟁취해낸 것이다.

"말도 안… 컥."

신혁돈은 워해머를 놓아버렸다. 그리곤 몬스터 폼을 사용해 양팔을 어글리 베어의 팔로 만든 뒤 아엘로의 날개를 쥐었다.

아엘로의 눈에 절망이 깃든 순간.

신혁돈이 아엘로의 커다란 날개를 뜯어냈다.

"꺄아아아아아악!"

신혁돈은 거기서 멈추지 않았다.

피가 뚝뚝 흐르는 날개를 던져 버린 뒤 작은 날개까지 뜯어냈다.

엄청난 고통에 아엘로는 비명조차 지르지 못한 채 꺽꺽거렸고 신혁돈은 그녀의 목을 쥔 채 말했다.

"이제 대답할 준비가 되었나?"

숨겨둔 비장의 한 수가 있어도 상관없다.

사용할 시간을 주지 않고 박살 내면 되니까.

아엘로는 눈을 뒤집은 채 온몸을 덜덜 떨고 있었다. 대답할 상황이 아닌 것을 확인한 신혁돈은 혀를 한 번 찬 뒤 도시락에게 던져 버렸다.

"꺅!"

자신에게 주는 먹이라 생각한 도시락이 입을 쩍 벌렸다. 정신을 잃은 아엘로가 도시락의 이빨에 닿은 순간.

"먹지 마!"

생각지도 못한 상황에 신혁돈이 다급히 명령했고 도시락은 순간 엄청난 고민에 휩싸였다.

이걸 먹으면 엄청난 성장을 할 수 있을 텐데.

눈 딱 감고 삼켜버려?

아냐, 그랬다간 주인이 날 죽일지도 몰라.

결국 도시락은 아엘로를 입에 문 채 불쌍한 표정을 지으며 까아아악 하는 울음을 흘렸다. 그 사이로 흐르는 침을 본 신혁돈은 미간을 굳혔다.

"저 새대가리 새끼……"

    신혁돈은 곧바로 날아가 도시락의 입에서 아엘로를 꺼내
등에 올려두었다.

    "끝나고 보자."

    도시락은 아쉬운 듯 입맛을 다시며 깍깍거렸고 백종화는
헛웃음을 터뜨렸다.

제3장
급성장

아엘로가 쓰러지기 전부터 전황은 이미 기울어져 있었기에 신혁돈은 나설 필요도 없었다.

신혁돈이 도시락의 등 위에서 상처를 살피는 사이 지휘관을 잃은 하피들이 학살당하기 시작했고, 얼마 지나지 않아 하피들이 퇴각하기 시작했다.

단일 개체의 속도만으로 하피들을 따라갈 순 없었기에 하늘거북들은 아쉬움과 승리의 기쁨이 담긴 포효를 내질렀다.

그사이 신혁돈의 옆에서 정신을 잃은 아엘로를 바라보고 있던 백종화가 말했다.

"아엘로의 창 있잖습니까. 이거 일반적인 하피의 창과 다릅니다."

"어떻게?"

백종화는 언령을 사용하지 않고 에르그 에너지만으로 아엘로의 창을 조종했다.

열 개의 창이 일렬로 정렬하더니 철컥거리는 소리를 내며 하나의 창으로 변했다.

거의 개당 1미터가량 되는 창이 하나로 합쳐지자 10미터 가까이 되는 기다란 창이 되었고, 그 창을 든 백종화가 신혁돈에게 창을 건네며 말했다.

"이거, 아이템입니다. 그것도 유니크 등급."

일반적인 하피의 창은 손에 쥔다 한들 아이템 정보가 떠오르지 않는다. 하지만 아엘로의 창은 달랐다.

결합된 아엘로의 창 [Unique]

—공격력 150 [분리 시 개당 공격력 25]

—아이가투스의 숨결이 담긴 창으로 그의 총애를 받는 아엘로에게 하사된 창입니다.

—'결합'

10개로 나뉘어진 창을 하나로 결합시킵니다.

—'분리'

하나로 합쳐진 창을 10개로 분리시킵니다.

—'아이가투스의 숨결' [미발동]

창끝에 녹아 있는 아이가투스의 숨결 덕에 아엘로의 창은 적의 방어력을 100% 무시합니다.

아이템의 성장이 끝나야지만 사용 가능한 스킬입니다.

─생각만으로 원거리 조종이 가능합니다.

─각인된 주인의 사망 시 성장이 초기화됩니다.

─성장이 가능합니다.

─성장 조건이 밝혀지지 않았습니다.

"공격력이 150입니다."

10미터가 넘는 창이니 그럴 수도 있다는 생각이 들었다. 그보다 엄청난 것은 아이가투스의 숨결이다.

방어력 무시.

사람과 사람의 대결에서 방어력은 별 의미가 없다. 물론 윤태수가 입고 있는 에픽 아이템처럼 압도적인 방어력을 자랑한다면 말이 달라지겠지만 그 정도가 아니라면 의미가 없다는 것이다.

하지만 괴물을 상대할 때라면 이야기가 달라진다.

저번 삶. '탈노스 사건'이라 불리는 사건이 있었다.

그레이트 화이트 홀에서 등장하는 괴물 중 탈로스라는 이름의 청동 거인이 있다.

브리아레오스에 비견될 정도로 강한 괴물 중 하나로 어마어마한 덩치와 방어력으로 수많은 각성자의 목숨을 앗아간 놈.

인간들이 살기를 포기한 아웃랜드에 나타난 녀석이었기에 안심하고 있던 것도 잠시, 탈로스는 인간들이 사는 도시로 진격하기 시작했다.

수많은 각성자가 탈로스를 죽이기 위해 노력했지만 그 어떤 공격도, 현대 화기도 탈노스의 피부를 뚫을 순 없었다.

인간의 모습을 하고 있었으나 눈코, 입, 귀도 없어 몸의 내부를 공격하는 것조차 불가능했고 결국 핵무기를 사용하려던 찰나.

볼품없는 창을 든 괴인이 나타났다.

그가 든 볼품없는 창은 에픽 아이템 '롱기누스의 창'이었고, 무기의 옵션이 바로 '방어력 무시였다.

그는 엄청난 몸놀림을 발휘하며 누구도 뚫지 못했던 탈노스의 피부를 두부 썰듯 잘라냈다. 그것으로 모자랐는지 탈노스의 사지를 자른 뒤 목까지 베어냈다.

이것이 탈노스 사건이었고, 이 사건 이후로 방어력 무시 옵션이 달린 무기의 가격이 천정부지로 치솟기 시작했다.

'그러고 보니 탈노스도 잡아야 하는군.'

신혁돈이 생각에 잠긴 것을 본 백종화는 대답을 채근하는 대신 아엘로를 살폈다.

날개가 사라지니 더욱 인간처럼 보였다.

가끔가다 신음을 흘리며 몸을 부르르 떠는 게 불쌍해 보일 정도.

그래도 괴물은 괴물인지 날개가 뜯긴 상처에서 흐르던 피가 멈춰 있었다.

'이대로 둬도 죽진 않겠어.'

아엘로가 죽질 않았으니 아엘로의 창은 사용할 수 없다.

정확히 말하자면 아이가투스의 숨결만 사용할 수 없는 것이었지만 그게 없다면 아엘로의 창을 사용할 이유가 없다.

물론 신혁돈이 그녀를 살려줄 리는 없으니 이 창은 길드원 중 누군가에게로 돌아갈 것이다.

일반적인 하피의 창과 달리 에르그 에너지 컨트롤에 능하지 않더라도 자신의 마음대로 움직일 수 있는 무기.

'민희를 주면 되려나.'

백종화라고 탐이 나지 않는 것은 아니다.

언령이라는 스킬이 있는데 더 이상 욕심을 낼 필요가 없을 뿐이다.

백종화가 아엘로를 바라보고 있는 사이 신혁돈이 말했다.

"성장 조건을 밝혀야겠군."

"아엘로를 족치면 될 겁니다."

"좋은 생각이야."

어차피 정보를 얻어내기 위해 심문을 할 생각이었으니 그때 알아내면 된다.

백종화는 창을 분리한 뒤 신혁돈을 바라보았다.

어느새 상처를 치료한 신혁돈은 자리에서 일어서며 말했다.

"하늘거북을 깨우고 오지. 길드원들을 모아둬라."

"알겠습니다."

신혁돈이 날아가자 그의 뒷모습을 바라보고 있던 백종화는 도시락의 목을 툭툭 두드리며 말했다.

"우리도 가자."

＊　　　　　＊　　　　　＊

거대한 지네의 시선이 정신을 잃고 쓰러져 있는 아엘로에게로 향했다.

그 위에 있는 세 개의 더듬이의 시선 또한 마찬가지.

피투성이가 된 아엘로의 모습을 믿을 수 없다는 듯 바라보던 곤도네가 토해내듯 말을 뱉었다.

"자네는 정말… 대단하오! 이 말로 모든 것을 표현할 수 없겠지만 어쨌거나 해야겠소. 감사하고 또 감사하오. 나는… 미안하지만 자네를 믿지 못했소. 아니, 자네를 믿지 못한 것이 아니라 아엘로의 실력을 두려워한 것이지. 하지만 자네는 해내고 말았소. 감사하오. 또 감사하오."

둘째 하늘거북을 깨우고 돌아오자마자 곤도네는 쿵쾅거리고 달려와 신혁돈에게 찬사의 말을 뱉어댔다.

이놈도 보다 보니 어떤 위대한 존재라기보다는 동네 개가 말을 하는 느낌이 든다.

그만큼 순수하기 때문인가?

고개를 휘휘 저어 잡념을 턴 신혁돈이 답했다.

"해야 할 일을 했을 뿐입니다."

"아니오, 정말 감사하오. 이 기세로 모든 하피를 몰아내기만
한다면 나는 내 모든 힘을 사용해서라도 당신에게 보답하겠
소."

그 순간.

[퀘스트가 갱신됩니다.]

[곤도네의 맹세를 받았습니다. 믿을 수 없는 업적을 만들어냈
습니다.]

[클리어 보상이 증가합니다.]

[클리어 보상이 증가합니다.]

······.

메시지 창이 주르륵 올라갔다. 곤도네의 찬사와 비슷한 내
용으로 보상이 증가된다는 내용이 주를 이루고 있었다.

신혁돈은 대충 고개를 끄덕인 뒤 헤이톤의 호의를 통해 지
도를 켰다.

지도를 살핀 신혁돈은 한마디를 뱉었다.

"합쳤군."

그의 말대로 아엘로의 섬에서 도망친 하피들과 이곳을 향

해 날아오던 하피들이 합쳐져서 이곳을 향해 진격하고 있었다.

그리고 그 뒤로 헤이톤들이 달려오고 있었다.

그들 또한 하피들의 진격을 눈치채고 신혁돈 일행을 도와주기 위해 달려오고 있는 것이다.

이동속도만 봐서는 신혁돈 일행이 한참 싸우고 있을 때 도착할 것 같았다.

지도를 살핀 윤태수가 말했다.

"두 시간 정도 남았습니다."

"꽤 많이 남았군."

아엘로를 빨리 처리한 덕도 있지만 하늘거북의 능력이 생각보다 강력했고, 백 마리가 넘는 하늘거북 덕에 수천에 달하는 하피를 별 피해 없이 제거할 수 있었다.

"전장을 정리하고 마지막 전투를 준비한다."

신혁돈의 말에 모두가 고개를 끄덕였다.

길드원들이 떨어진 에르그 코어들을 흡수하고 간혹 나오는 아이템들을 챙겨 윤태수의 아공간에 집어넣는 사이 도시락은 이리저리 뛰어다니며 아엘로를 먹지 못한 분을 채우려는 듯 쉴 새 없이 처먹었다.

그 모습을 본 신혁돈은 쯧 하고 혀를 찬 뒤 고개를 돌렸다.

수많은 하피 시체 사이로 하늘거북의 시체가 보였다.

하늘거북들도 피해는 있었다.

창을 쓸 수 없는 하피들은 옛날처럼 한 손에 창을 꼬나쥔 채 몸으로 돌진해 하늘거북의 살을 가르고 파고들었다.

하늘거북들이 진을 이루고 있었고, 하피들은 접근조차 힘들어했다.

하지만 몇 마리의 하피가 결국 진을 뚫어내는데 성공했고 하늘거북의 몸속으로 들어갔다.

그 결과 11마리의 하늘거북이 명을 달리했다.

신혁돈의 시선이 향한 곳에 있는 하늘거북들의 시체를 본 홍서현이 신혁돈에게로 다가와 말했다.

"당신 잘못이 아니……."

"그런 생각 안 한다."

도중에 말을 끊기자 입술을 비죽인 홍서현이 말했다.

"그럼 무슨 생각 하는데?"

신혁돈은 대답 대신 세뿔가시벌레의 날개를 펴곤 날아올랐다.

홍서현은 그의 신형을 눈으로 쫓았고 곧 하늘거북의 시체 위로 날아가는 신혁돈을 보고 그럼 그렇지 하는 표정을 지었다.

그 뒤로 이어지는 행동에 표정이 뒤집어지며 욕설을 뱉고 말았다.

"저런 미친……."

신혁돈은 하늘거북의 등에 있는 심장을 뜯어내고 있었다.

"설마……."

신혁돈은 괴물을 죽인 뒤 심장을 갈라 그 안에 있는 무언가를 꺼내 섭취한다.

그와 함께하며 그런 행동을 많이 보긴 했지만 하늘거북의 심장까지 취할 것이라곤 상상도 하지 못했다.

홍서현이 경악하고 있는 사이, 하늘거북의 심장을 뜯어낸 신혁돈은 몰맨의 손톱을 뽑아 심장을 갈랐다.

"역시 있군."

하늘거북 또한 괴물.

에르그 기관이 없을 리가 없다.

하늘거북의 심장은 어마어마하게 컸지만 에르그 기관의 크기는 손바닥만큼 작았다.

에르그 기관 자체가 에르그 에너지양에 비해 커지는 것이 아니라 에르그 에너지를 응축시키며 성장하기 때문이었다.

손바닥만 한 에르그 기관을 섭취한 신혁돈은 나머지 하늘거북들의 시체를 돌며 모든 에르그 기관을 섭취했다.

그 결과.

[하늘거북]

―하늘거북의 육체 (Rank A, Unique. Active)

―하늘거북의 정신 (Rank A, Unique. Passive)

포식을 통해 하늘거북 스킬을 얻었다. 엄청난 양의 에르그 에너지는 덤이고.

그간 변신할 만한 육체를 가진 괴물을 찾지 못해 정체되어 있던 스킬이 하나 늘어난 것에 만족한 신혁돈은 미소를 지으며 둘째 하늘거북의 등으로 돌아왔다.

그 모습을 끝까지 지켜보고 있던 홍서현은 신혁돈이 돌아오는 것을 보자마자 말했다.

"그동안은 하늘거북 먹고 싶어서 어떻게 참았대?"

"그러게. 의외로 효능이 좋다."

신혁돈의 담담한 대답에 홍서현이 질린 표정을 지었다.

"일 끝나면 다 잡아먹을 기센데 아주?"

"고려해 보지."

한마디도 지지 않는 신혁돈의 모습에 홍서현은 이를 갈았지만 그런 것에 일일이 반응할 신혁돈이 아니었다.

화가 난 홍서현이 다른 곳으로 향하자 신혁돈은 도시락을 불렀다.

신나게 하피 고기를 뜯고 있던 도시락이 날아오자 신혁돈은 하늘거북의 시체를 가리키며 말했다.

"먹어라."

도시락 또한 괴물.

며칠 같이 날아다녔다고 정이 들어 에르그 에너지 덩어리를 거부할 리 없었다.

도시락이 날아가는 것을 본 신혁돈은 아엘로에게 다가갔다.

아직까지 끙끙거리고 있는 것을 보아 하피들이 도착하기 전에는 정신을 차리지 못할 것 같았다.

그렇다고 가만히 두고 전투를 벌이기엔 뒤통수가 찜찜한 상황.

신혁돈은 치유 마법진을 발동시켰다.

왼손이 노란색으로 물들자 아엘로의 상처를 치료하기 시작했다.

그러면서 오른손으로는 아엘로의 뺨을 쳤다.

짝!

"일어나."

짝!

"일어나."

짝! 짝! 짝!

정신을 차리지 못하는 아엘로의 얼굴이 퉁퉁 부어오를 때까지 때린 신혁돈이 아엘로의 얼굴을 치료했다.

그렇게 반복하길 10여 분.

아엘로가 비명을 지르며 눈을 뜬 순간.

짝!

눈을 뜨자마자 뺨을 얻어맞은 아엘로가 멍한 눈으로 신혁돈을 바라보았고, 신혁돈은 덤덤한 목소리로 말했다.

"대화 좀 하지."

*   *   *

눈을 뜬 아엘로는 다시 눈을 감으며 중얼거렸다.

"꿈이야… 꿈일 거야……."

짝!

다시 한 번 신혁돈의 손이 그녀의 뺨을 때렸고, 아엘로의 눈이 초점을 찾고 신혁돈의 눈과 마주하게 된 순간.

"살려줄 생각은 없다. 편하게 죽을지, 고통스럽게 죽을지 선택해."

편하게 죽기 위해서는 그녀가 알고 있는 모든 것을 토해야 할 것이다. 고통스러운 쪽을 선택한다면 서로 수고스럽긴 하겠지만 어쨌거나 알고 있는 모든 것을 토해야 하는 건 변함없다.

아무런 감정이 섞여 있지 않은 신혁돈의 눈을 본 아엘로가 천천히 고개를 숙였다.

"두 번 묻지 않는다. 어느 쪽을 선택할 거지?"

"…살고 싶어."

목소리뿐만 아니라 온몸이 떨리고 있었다. 아엘로는 몸의 떨림을 진정시키기 위해 양팔로 자신의 몸을 감쌌다.

그러면서 등을 움찔거렸는데, 날개로 자신의 몸을 감싸려는 행동으로 보였다.

물론 날개는 신혁돈이 뜯어버렸기에 할 수 없는 행동이었고, 아엘로의 얼굴은 더욱 어두워졌다.

신혁돈은 오른손을 어글리 베어의 우악스러운 팔로 변화시켰다.

우득거리는 기괴한 소리에 고개를 들었던 아엘로의 눈에 공포가 서렸다.

태어날 때부터 하피의 왕으로 태어난 그녀가 어디서 이런 공포와 고통을 겪어보았겠는가. 날개를 뜯겨 다신 하늘을 날 수 없다는 탈력감과 그 대상에게 복수할 수 없다는 허망함.

등등의 감정이 그녀의 눈동자에서 그대로 나타나고 있었다.

"그런 선택지는 없다."

신혁돈의 머리 위로 손이 들린 순간.

"말… 말할게."

"가이아의 흉내를 내고 있는 마왕이 있나?"

"바쿠스."

들어본 적 없는 마왕이다. 신혁돈의 표정을 본 아엘로가 말을 덧붙였다.

"술과 향락. 환상의 마왕이야."

"자세히."

아엘로가 기억을 더듬느라 입을 오물거리는 사이 신혁돈은 홍서현을 불렀다. 그의 부름에 가까이 온 홍서현은 피떡이 되어 있는 아엘로의 얼굴을 보고선 미간을 찌푸린 뒤 물었다.

"왜?"

"바쿠스. 술과 향락. 환상의 마왕이라는데 아는 이름인가?"

홍서현은 아엘로를 힐끗 본 뒤 입을 열었다.

"바쿠스, 로마 신화에서는 술의 신 디오니소스와 동일시되기도 하는 존재야. 그가 마왕이라고?"

마지막 질문은 아엘로에게 던진 질문이었고 아엘로는 천천히 고개를 저었다.

"지구의 신화에 대해서까지는 몰라. 내가 아는 건 이름뿐이야."

"가이아의 흉내를 내고 있다는 건 어떻게 알았지?"

신혁돈의 물음에 홍서현 또한 궁금증이 서린 얼굴로 아엘로를 바라보았다.

누군가 가이아의 흉내를 내고 있을 것이라 생각하고 있었지만 이렇게나 빨리 실체를 밝혀낼 수 있을 거라 생각하진 못했기 때문이다.

"아이가투스님이 말씀하시는 걸 들은 적 있어. '바쿠스가 가이아의 흉내를 내고 다닌다.'고."

신혁돈은 짧은 한숨을 뱉었다.

바쿠스, 아이가투스, 벨라툼, 백차.

네 명의 마왕을 알고, 누가 배후인지 알고 있지만 지금 당장 할 수 있는 것이 없다.

당장 그들의 차원을 찾아갈 방법도 없거니와, 찾아간다 한들 목을 잘라낼 수 있을지도 의문이다.

'아.'

차원 관문이 있긴 하다.

머리를 흔들어 생각을 털어낸 신혁돈이 물었다.

"너희가 인간들에게 힘을 주는 이유는?"

"분란과 혼란의 조장. 인간들이 가진 잠재력을 두려워한 어느 마왕이 독단적으로 벌인 일이야. 다른 마왕들은 언짢아했지만 그의 권좌에 도전할 만한 힘을 가진 이가 없어서 어쩔 수 없다고 들었어."

"마왕의 정체는 모르고?"

아엘로는 천천히 고개를 끄덕인 뒤 홍서현을 바라보며 말했다.

"날 살려줘. 무엇이든지 할게. 마왕을 배신하라면 배신할 거고, 앞에 나서서 적과 싸우라면 싸울게. 목숨만 살려줘."

아까보단 담담해진 목소리였으나 떨리는 손을 숨기진 못했다. 홍서현은 아엘로의 눈을 피해 신혁돈에게로 시선을 던졌다.

"더 궁금한 거 있어?"

"일단 옆에 있어라."

홍서현은 탐탁지 않은 표정을 짓긴 했지만 자리를 뜨진 않았다.

"그리드의 목표는 뭐지?"

질문을 예상했다는 듯 아엘로는 곧바로 대답했다. 그러면서도 홍서현을 바라보는 시선을 돌리지 않았다.

"가이아를 죽이고 힘을 취하는 것."

신혁돈의 미간이 찌푸려졌다.

"신을 죽이고 힘을 취한다? 그것과 지구를 침공해 인간을 죽이는 게 무슨 상관이 있는 거지?"

"신은 홀로 존재할 수 없어……."

아엘로가 말을 잇기 위해 호흡을 고른 순간. 그녀의 혀가 멈추었다. 동시에 동공의 움직임이 멈췄고, 찰나가 지나기도 전에 아엘로의 몸이 돌처럼 굳었다.

"무슨……?"

신혁돈이 급하게 손을 뻗었다.

그녀의 시간만 멈춘 듯 아엘로는 아무런 반응도 보이지 않고 있었고 신혁돈의 손이 그녀의 몸에 닿은 순간 그녀의 눈과 귀, 입과 코에서 피가 흘러나왔다.

털썩.

아엘로의 몸이 무너지듯 모로 쓰러졌다.

"이게… 뭐야?"

홍서현이 묻기도 전에 신혁돈은 한숨을 토했다.

"죽었다."

"죽었다고? 어떻게?"

"몰라."

에르그 에너지의 유동조차 없었다. 그저 멈칫하더니 죽어 버린 것이다. 짧게 혀를 찬 신혁돈이 아엘로의 시체에서 시선을 뗀 뒤 하늘을 올려보며 말했다.

"…돌겠군."

　　　　*　　　　　*　　　　　*

아엘로의 시체를 그대로 둔 신혁돈은 곤도네에게 향했다. 그나마 오래 살며 차원의 수호자까지 했던 괴물이니 뭐라도 알고 있지 않을까 하는 기대감이 들었기 때문이다.

"…전혀 모르는 이름이오."

"마신에 대해 아는 것도 없습니까?"

"도움이 되지 못해 미안할 따름이오."

아무것도 모르는 것에 대해 정말로 미안한 얼굴이었기에 다른 것을 물을 생각도 들지 않았다.

대충 고개를 끄덕인 신혁돈은 길드원들을 모은 뒤 이야기를 해주었다. 그러자 윤태수가 정리했다.

"그러니까… 그리드는 가이아를 죽이기 위해 지구를 침공했고, 그 아래로 9명의 마왕이 있다는 겁니다. 개중 넷은 아이가투스, 백차, 벨라툼, 바쿠스. 그리고 마왕들도 서열이 있는데 개중 첫 번째, 혹은 그에 준하는 놈 하나가 인간들 사이를 이간질시키기 위해 나쁜 놈들한테도 힘을 주고 있다?"

윤태수의 정리에 고개를 끄덕인 백종화가 말을 덧붙였다.

"그리고 바쿠스라는 놈이 가이아 흉내를 내고 있지."

이남정은 머리가 복잡해졌는지 자신의 머리를 마구 헝클어 뜨린 뒤 신혁돈에게 물었다.

"그럼 아홉 마왕 놈들 모가지를 딴 뒤에 그리드의 모가지를 따면 되는 거 아닙니까?"

"간단히는 그렇지."

신혁돈의 대답에 백종화가 팔짱을 끼며 말했다.

"말로 하자면 한 줄로 끝날 만큼 간단하죠. 문제는 시련 하나를 클리어하는데 몇 달이 걸린다는 겁니다. 게다가 시련으로 끝이 아니죠. 하루에도 수백 개씩 지구 여기저기 생기는 차원문들도 있고, 한 달마다 생기는 그레이트 화이트 홀도 있습니다."

백종화는 말이 길어지자 짧게 숨을 골랐다.

"9명의 마왕, 마왕당 11개의 시련. 우리가 전부 클리어하려면 몇 년으로도 모자랍니다. 그동안 괴물들이 가만히 있을까요? 아니, 괴물의 사주를 받은 인간들이 우리를 가만히 보고만 있을까요?"

누구도 대답을 하진 않았지만 모두의 머릿속에 든 생각은 같았다.

'아니다.'

바보가 아닌 이상 자신의 집 앞마당에 똥을 싸지르는 개들을 가만둘 리가 없다.

지금이야 개를 잡을 힘이 없어 가만둔다지만 힘이 생긴다면 곧바로 잡아 족칠 것이 분명한 상황.

천천히 고개를 끄덕인 신혁돈이 말했다.

"더 큰, 더 강한 세력이 필요해."

"제 결론이 그거입니다."

"저도 동의합니다."

저번 삶과는 다르다.

패러독스가 있고, 패러독스를 돕는 더 가드가 있다. 그리고 더 가드의 아래로는 그들을 돕고 있는 몇 개의 길드들이 있다.

홀로 모든 짐을 지고 나아가다 무게를 이기지 못하고 쓰러지는 것은 저번 삶으로 충분하다.

신혁돈은 윤태수에게 시선을 던지며 말했다.

"더 가드를 성장시킬 방법이 필요하다."

"얼마나 말입니까?"

"마왕의 시련을 클리어할 수 있을 정도."

윤태수는 입술을 깨물며 생각에 잠겼다. 다른 이들 또한 방법을 강구하는지 생각에 잠겼고, 그사이 신혁돈은 지도를 켜 날아오고 있는 하피들의 위치를 확인해 보았다.

남은 시간은 30여 분.

"일단 마지막 싸움에서 승리한다."

기나긴 싸움의 마지막 페이지가 보이고 있다.

"그리고 지구로 돌아간다."

신혁돈의 말에 윤태수가 천천히 고개를 끄덕이곤 말했다.

"이번에 돌아가면 서윤 씨한테 에르그 에너지로 운용되는 컴퓨터를 한 대 만들어 달라고 해야겠습니다. 머리로 생각하려니까 영 안 돌아가네."

백종화는 헛웃음을 흘리더니 말했다.

"팔부터 만들어라."

"아, 맞다. 예, 일단 잘린 팔부터 붙이든가 새로 만들든가 해야겠습니다."

윤태수는 잘린 팔목을 들어 보이며 말했고 길드원들은 기괴한 개그에 헛웃음을 흘렸다.

"벌써 한 달은 됐겠습니다."

"54일."

고준영의 말에 한연수가 정확한 일수를 말했다.

"벌써 그렇게 됐어?"

"지구의 시간으로 따지면 58일입니다."

한연수가 팔목에 차고 있는 아날로그시계를 가리키며 말했다.

생각보다 긴 시간이 낭비되었다.

"아이가투스, 그 썩을 새끼 때문에 이게 뭔 지랄이야."

이남정의 툴툴거림을 시작으로 다들 한두 마디씩 뱉었고, 30분이라는 시간은 쏜살같이 흘러갔다.

오가는 대화가 차츰 줄어갈 때, 신혁돈이 하늘로 고개를 돌리며 말했다.

"준비하지."

길드원들은 신혁돈의 고개를 따라 하늘로 시선을 던졌고 하늘을 가득 메우고 날아오는 것들을 발견할 수 있었다.

"…징그럽게 많네."

툭하고 말을 던진 이남정이 자리에서 일어남을 시작으로 다들 자리에서 일어서며 마지막 전투를 준비했다.

*　　　　*　　　　*

더 가드의 길드 사무실.

조훈현과 간수호가 소파에 앉아 있었고, 조훈현은 계속해서 뒷목을 주무르고 있었다.

"돌아버리겠네."

"왜요? 또 머리 빠지십니까?"

가발을 쓴 뒤로 걱정하지 않고 있긴 했지만 요즘 들어 한 움큼씩 빠지기 시작한 게 사실이었기에 냉가슴을 앓고 있던 차, 정곡을 찌르는 말에 조훈현이 도끼눈을 뜨고 간수호를 노려보았다.

간수호는 특유의 배실거리는 웃음을 지었고, 조훈현은 근처에 있던 재떨이를 집어 던지려다 참고선 말했다.

"이 인간, 도대체 왜 안 와?"

"머리 빠진다고 형수님이 도망가셨습니까?"

조훈현은 결국 참지 못하고 재떨이를 던졌고, 간수호는 여유로운 얼굴로 재떨이를 받아 쥐었다.

"맞으면 죽습니다."

"좀 뒈져라."

"저 없으면 머리 더 빠지실 텐데……."

"닥쳐!"

낄낄거리던 간수호는 재떨이를 테이블에 내려놓으며 말했다. 그사이 조훈현은 뒤통수를 찌르는 듯한 고통에 미간을 구겼다.

"다 잘되고 있지 않습니까."

"뭐가 잘돼?"

"말 그대로 다 말입니다. 더 가드는 두 달 만에 세계적인 길드 연합의 수장으로 발돋움했습니다. 화이트 홀에 의한 피해는 제로에 수렴하고, 붕괴 직전의 차원문까지 우리가 나서서 정리하고 있습니다. 이런 와중에 걱정할 게 뭐 있습니까?"

조훈현은 대답 대신 긴 한숨을 내쉬며 마른세수를 했다.

그가 걱정하고 있는 것이 무엇인지 간수호 또한 알고 있다.

'패러독스'

그들이 사라졌다.

차원문을 들어간 뒤 두 달에 가까운 시간 동안 나타나지 않고 있었다.

언론에서는 차원문 클리어에 실패하고 전멸했다는 둥, 어마어마하게 강한 차원문을 클리어하고 있다는 둥 수많은 추리가 오가고 있었다.

"헤르메스는 별말 없습니까?"

"전에 했던 말이 끝이다."

신혁돈이 사라지고 일주일 뒤.

헤르메스가 더 가드를 찾아왔다. 만약 그가 사건의 전말을 알려주지 않았다면 더 가드는 아직도 신혁돈의 행방을 찾아 헤매고 있었을 것이었다.

"얼굴 좀 펴십시오. 그 양반들 돌아왔을 때 어깨 딱 펴고 어, 내가 말이야! 이 정도 해줬으니까 뭐 얻은 거 있으면 좀 내놔 봐라! 하고 큰소리칠 수 있어야 하지 않겠습니까?"

간수호의 말에도 조훈현은 미간을 구긴 채 뒷목을 주무르고 있었다.

'그때와 같아.'

그레이트 화이트 홀이 나타나던 순간과 너무나도 똑같은 증상이 나타나고 있었다.

*   *   *

콰직!

신혁돈의 위해머가 패턴 하피의 머리를 부쉈다.

그 순간 신혁돈의 등 뒤로 창이 날아들었지만 창은 신혁돈의 등에 닿지 못했다.

"멈추어라!"

백종화의 목소리와 동시에 누군가 붙잡은 듯 허공에서 멈춘 창은 머리를 돌려 원래 주인에게 날아가 심장을 꿰뚫었다.

창은 거기서 멈추지 않고 기세를 붙여 수많은 하피의 가슴에 구멍을 낸 뒤에야 바닥으로 떨어졌다.

창에서 시선을 땐 백종화는 모여 있는 하피들을 향해 손을 뻗었다.

"발화."

그 순간 아무것도 없는 허공에서 불씨가 피어났다. 피어난 불씨는 순식간에 늘어나며 거대한 불의 원을 만들었고 그 안에 있는 모든 것을 태워갔다.

하피들이 불의 링을 벗어나기 위해 사방으로 흩어지려는 순간.

"까아아악!"

어느새 날아든 도시락이 불을 뿜으며 하피들을 태워 버렸다.

그와 동시에 도시락의 등에서 이남정이 뛰어올랐다.

두 개의 창을 발판으로 사용하며 주먹을 휘두르는 이남정은 하피들보다 빨랐고, 강했다.

도시락의 등에서 이남정의 모습을 바라보고 있던 윤태수는 짧게 혀를 찼다.

그리곤 가슴을 곧게 편 뒤 에르그 에너지를 집중시켰고, 그 순간.

콰아아아아!

그의 가슴에서 고르곤의 분노가 발사되었다.

거대한 불기둥이 하피들을 녹여 버림과 동시에 두 마리의 거대한 하늘거북이 함께 충격파를 토해냈다.

콰과과과!

수만에 달하는 하피들은 어장에 갇힌 물고기의 신세처럼 이리저리 방황하기만 할 뿐, 제대로 된 반격을 하지 못한 채 쉴 새 없이 죽어나갔다.

"곤도네!"

"헤이톤!"

수많은 하피의 뒤로 로스카란토의 자식들이 등장했다. 그들 또한 하늘거북의 등에 오른 채 전투를 시작했고 안 그래도 불리하던 전세는 더욱 기울어지기 시작했다.

*　　　　*　　　　*

물러설 곳을 잃은 하피들은 목숨을 도외시하고 덤볐으나 상대가 되질 않았다.

백 마리가 넘는 하늘거북이 뿜어대는 분노조차 감당하지 못했고, 결국 마지막 남은 하피 한 마리마저 신혁돈의 워해머에 머리가 깨져 죽었다.

끝이 없을 것 같은 전투가 끝났다.

"끝났다."

하피들의 시체로 산이 쌓여 있고 그 위로 수많은 에르그 코어가 떠올라 있다. 하늘거북들은 그간의 설움을 폭발시키듯 끝없는 울음을 뱉어댔다.

로스카란토의 자식들 또한 그들의 울음에 공명하듯 긴 포효를 토해냈다.

"드디어……"

누가 말하지 않았지만 길드원들은 자연스럽게 도시락의 근처로 모였고, 신혁돈 또한 몬스터 폼을 해제하며 도시락의 근처로 모였다.

"드디어 끝났네요."

김민희의 말에 여기저기서 수많은 감정을 담은 숨이 터져 나왔다.

귀를 울리는 포효는 끊일 줄 몰랐고, 길드원들은 별말 없이 그 광경을 바라보았다.

어느새 지기 시작해 지평선에 걸려 있는 해와 하늘에 떠 있는 하늘거북들. 그리고 그들의 포효는 판타지 영화의 클라이맥스와도 같은 비현실적인 느낌을 주었다.

영원할 것 같았던 포효가 차츰 줄어들고 마지막까지 울음을 토하던 첫째 하늘거북의 포효까지 끝난 순간.

[하늘거북들의 포효에 모든 하늘거북의 어미가 깨어났습니다.]

[모든 하늘거북이 영원한 잠에서 깨어났습니다.]

[히든퀘스트—'깨어난 하늘거북'이 완료되었습니다.]

[히든 퀘스트—'방관하는 자, 로스카란토'가 완료되었습니다.]

퀘스트가 완료되었다.

드디어 모든 것이 끝난 것이다.

기나긴 포효로 회포를 푼 헤이톤이 신혁돈 일행에게 다가와 말했다.

"한마디로 표현할 수 없을 것 같지만… 할 수 있는 말이 이것뿐이라는 것이 너무나도 아쉽군. 고맙네."

헤이톤을 시작으로 로스카란토의 자식들이 다가와 신혁돈 일행에게 감사의 인사를 건넸다. 그들의 말은 길고 장황했지만 내용은 하나였다.

감사하고 또 감사하다는 것.

사막악어들을 구해주었을 때와는 다른 감정이 이들의 가슴에서 샘솟았다.

감사 인사를 마친 헤이톤은 길드원들을 한 명씩 바라보며 말했다.

"원하는 것이 있다면 무엇이든 말하게나."

미리 생각해 둔 것이 있었기에 신혁돈은 곧바로 대답했다.

"저에게 주었던 힘을 모두에게 주십시오."

"힘이라… 알겠네."

헤이톤은 로스카란토의 자식들을 전부 불러 자기들 말로 무어라 했고, 곧 그들이 신혁돈 일행을 둘러싸고 섰다.

거대한 괴물들이 신혁돈 일행을 감싸고 서자 알 수 없는 위압감이 느껴졌다. 하지만 그들이 자신들을 해칠 리 없다는 것을 알았기에 길드원들은 침착하게 보상을 기다렸다.

어느새 눈을 감은 헤이톤은 천천히 손을 뻗었고 그를 따라 다른 이들 또한 길드원들을 향해 손을 뻗었다.

그 순간.

우우우우웅.

로스카란토의 자식들의 몸에서 각자의 기운이 흘러나왔다. 각자 다른 기운들은 일행의 머리 위에서 하나로 합쳐졌고, 곧 눈에 보일 정도로 엄청난 양의 에너지가 모여들었다.

"까악."

일행의 중심에 서 있던 도시락은 알 수 없는 울음을 뱉었고 이남정이 거기 동의하듯 말을 뱉었다.

"맙소사······."

어마어마한 기운은 천천히 구의 모양을 띠었다. 느릿하게 회전을 시작한 구 모양의 에너지 덩어리는 실타래가 풀어지듯 여러 갈래로 나누어졌다.

총 열 갈래로 나누어진 에너지는 길드원들의 머리로 다가왔다. 머리로 다가오는 에너지 덩어리에 움찔한 윤태수는 신혁돈을 바라보았다.

그는 어느새 눈을 감은 채 고개를 들고 에너지를 받아들이고 있었다.

윤태수는 그를 따라 허리를 펴곤 눈을 감았고, 다른 이들 또한 그들을 따라 자세를 고쳤다.

그 순간 정순한 에르그 에너지가 일행의 몸으로 흡수되기 시작했다.

지금껏 느껴보지 못한 어마어마한 양의 에르그 에너지였다.

신혁돈이 차원지기의 심장 두 개를 깨뜨렸을 때 느껴졌던 에르그 에너지의 파동보다 거대한 에르그 에너지의 폭포가 길드원들과 도시락의 몸으로 쏟아져 내리고 있었다.

모든 에르그 에너지가 길드원들의 몸으로 흡수된 순간.

거짓말처럼 모두의 눈이 동시에 뜨였다.

"어떻소, 만족하시오?"

아무도 대답이 없자 헤이톤은 팔짱을 낀 뒤 곤도네를 바라보았다.

'무언가 잘못된 건가?'

'그럴 리 없소.'

'그렇다면 성에 차지 않는 것인가?'

'그럴지도 모르오.'

두 더듬이가 눈빛으로 대화를 나누는 사이 신혁돈이 입을 열었다.

"…믿을 수 없군."

그제야 여기저기서 말이 터져 나왔다.

"말도 안 되는 양입니다."

"그러게요… 이 정도 보상이라면 일곱 번째 시련 한 번 더 해도 될 거 같아요."

끔찍한 소리였지만 모두들 동의하는 듯 고개를 끄덕였다.

로스카란토의 자식들이 준 에르그 에너지는 그만큼 방대한 양이었다.

방금까지 보유하고 있던 에르그 에너지가 배로 늘어난 느낌!

몸을 살핀 신혁돈은 헤이톤을 올려보며 말했다.

"만족 그 이상입니다. 감사합니다."

불안한 듯 신혁돈 일행을 살피고 있던 헤이톤은 그제야 얼굴을 펴며 껄껄 웃었다.

"다른 이들은 어떻소?"

헤이톤의 물음에 다들 감사를 표했고, 로스카란토의 자식들은 각자 만족스러운 표정을 지었다.

"이제 어떻게 할 것이오?"

"이것저것 정리한 뒤 원래 있던 곳으로 돌아갈 생각입니다."

"알겠소. 우리도 하늘거북들과 이야기를 나눌 것이 있으니 정리가 되면 말해주시오."

"알겠습니다."

헤이톤과 대화를 마친 신혁돈은 길드원들을 바라보며 말했다.

"에르그 코어를 회수하고 2시간 뒤에 다시 모인다."

길드원들이 삼삼오오 흩어지자 신혁돈은 도시락을 바라보았다. 하피의 시체들을 보고 군침을 흘리는 것을 보아하니 당장에라도 뛰쳐나갈 기세였다.

신혁돈은 도시락의 바람을 깨부수듯 등에 오르며 말했다.

"둘째 하늘거북에게로 가자."

도시락은 '네가 직접 날아가면 되지 않느냐.' 하는 눈빛으로 신혁돈을 바라보았지만 씨알도 먹히지 않았다.

결국 도시락은 하늘로 날아올랐다.

하늘거북의 등에 오른 신혁돈은 건물에 두었던 아엘로의 시체에서 에르그 기관을 꺼내 든 뒤 시체를 가리키며 말했다.

"먹어."

그제야 뚱해 있던 도시락이 깍깍거리며 기뻐했다.

신혁돈은 에르그 기관을 씹어 삼켰고 곧 메시지가 떠올랐다.

[아엘로의 영혼을 흡수하셨습니다.]
[보유한 영혼의 수 : 1]

이런 식으로 영혼 포식으로 영혼을 흡수하다 보면 스킬이 생기는 메커니즘인 것이다. 메시지 창을 확인한 신혁돈이 도시락을 바라보았다.

도시락은 아엘로의 시체를 한입에 삼킨 뒤 만족스러운 표정을 하고선 신혁돈을 바라보았다.

그 순간 메시지 창이 떠오름과 동시에 도시락의 몸에서 새하얀 빛이 뿜어져 나오기 시작했다.

[테이밍 된 육눈수리 '도시락'이 육눈수리로서 얻을 수 있는 에르그의 한계치를 돌파했습니다.]
[개화되지 않았던 스킬 '셰이프 시프터(Shape shifter)'가 개화되었습니다.]
['진화'가 시작됩니다.]

셰이프 시프터?
리토넬이 가지고 있던 모습을 변형시키는 스킬의 이름이다.

아이가투스의 네 번째 시련에서 도시락이 차원지기를 통째로 삼켜버렸을 때 도시락은 첫 번째 진화를 했었다.

그때 스킬 하나가 개화되지 않았다는 메시지를 봤던 것이 기억을 스쳤다.

신혁돈은 팔짱을 낀 채 도시락의 진화를 지켜보았다.

10미터가 넘는 도시락의 몸 전체가 새하얀 빛에 휩싸인 덕에 작은 태양이 떠오른 듯한 착각이 들었다.

빛은 더욱 커졌다.

빛이 감싸고 있는 두 쌍의 날개는 더욱 커졌고, 그 아래로 새로운 날개가 자라나는 듯 빛이 새어나오고 있었다.

몇 분에 걸친 진화 끝에 빛이 점점 사그라들기 시작했고 곧 완벽히 빛이 가셨을 때, 도시락이 있던 자리에는 완벽한 괴수 한 마리가 서 있었다.

열 개의 눈이 있던 자리에는 커다란 두 개의 눈이 대신하고 있었다. 대신 이마 중앙에 새로운 눈이 생겨나 있었다.

그것만으로도 징그럽기 그지없는데, 날개마저 세 쌍이 되었다.

거대한 두 쌍의 날개와 보조 날개로 보이는 듯한 한 쌍의 날개. 총 여섯 개의 날개를 뒤덮고 있는 깃털은 먹이라도 칠한 듯 새카맸다.

빛마저 흡수하는 새카만 깃털들은 전보다 윤기가 넘쳤으며 다리 또한 전보다 두꺼워지고 발톱은 날카로워졌다.

날개 길이만 하더라도 어지간한 지하철 몇 칸을 합쳐놓은 길이다.

"콰아아아아!"

자신의 모습이 만족스러운지 도시락은 크게 포효했고, 신혁돈은 헛웃음을 흘렸다.

"새대가리 놈."

도시락의 가운데 있는 눈이 신혁돈을 빤히 바라보았다.

그 순간.

도시락의 몸이 신혁돈이 변신할 때와 비슷하게 기괴하게 뒤틀렸다.

"셰이프 시프팅?"

몸을 뒤덮고 있던 깃털들이 몸 안으로 숨어들고 날카롭기 그지없던 부리와 발톱들이 물렁해지며 쪼그라들었다.

기괴한 광경이 변신이 끝났을 때.

"새대가리 아니거든."

도시락이 있던 자리에는 2미터는 될 법한 키의 새카만 피부를 가진 사내가 신혁돈을 바라보고 있었다.

"허……."

신혁돈이 헛웃음을 흘렸고, 그 반응이 마음에 드는 듯 도시락은 생글생글 웃으며 자신의 몸을 내려다보았다.

"나, 인간 됐어. 기쁘지?"

완벽한 한국어.

셰이프 시프팅과는 다르다. 셰이프 시프팅이 다른 이의 모습을 빼앗는 것과는 달리 셰이프 시프터는 다른 모습으로 변신할 수 있는 능력인 듯했다.

신혁돈은 미소를 지으며 도시락에게로 걸어갔고, 나체의 도시락 또한 미소를 지으며 신혁돈에게 다가선 순간.

신혁돈이 도시락의 정강이를 걸어찼다.

"끄아악!"

도시락은 생소한 고통에 이유도 묻지 못한 채 바닥을 뒹굴었고, 신혁돈은 그 모습을 보며 말했다.

"말을 까?"

한참을 신음을 흘리던 도시락은 낑낑거리며 일어섰는데, 눈에 눈물이 그렁그렁 맺혀 있었다.

"아… 알겠어요."

"능력은 그게 끝이야?"

"아직 모르겠어요."

신혁돈은 팔짱을 낀 채 도시락을 바라보았고, 도시락은 본능적으로 신혁돈의 시선을 피해 하늘을 바라보았다.

"원래 모습."

도시락은 신혁돈의 말뜻을 이해하지 못하고 눈을 굴리다 다시 한 번 정강이를 얻어맞고 나서야 원래 괴물의 모습으로 돌아갔다.

도시락의 변신이 끝나자 그의 등에 올라탄 신혁돈이 말했다.

"밑으로 가자."

"까악!"

도시락은 반항하듯 째지는 듯한 울음을 토했고, 결국 뒤통수를 한 대 얻어맞고 나서야 세 쌍의 활짝 날개를 펼쳤다.

*　　　*　　　*

멀리서 도시락이 날아오는 것을 본 윤태수는 자신의 눈을 의심했다.

"…저거 색이 원래 저랬나?"

그의 말에 옆에서 열심히 에르그 코어를 챙기고 있던 세 떨거지들의 시선이 하늘로 향했고 도시락을 발견한 순간.

"…크기도 이상한데 말입니다."

"날개도 늘었는데?"

"어, 눈도 줄었다."

도시락의 크기가 이상한 것을 발견한 것은 윤태수 일행뿐만이 아니었다. 여기저기 흩어져 에르그 코어를 줍고 있던 이들은 모두 도시락의 진화를 발견했고, 곧 도시락의 착륙 지점으로 모여들었다.

"이야… 비행기네, 비행기야."

이제는 로스카란토의 자식들과 비견해도 밀리지 않는 크기가 되었다.

신혁돈이 도시락의 등에서 내리자 도시락은 다시 한 번 변신을 시작했고, 도시락의 진화에 놀라 있던 이들의 눈이 튀어나올 정도로 커졌다.

우드득!

뼈가 부러지는 듯한 기괴한 소리가 이어지길 몇 초.

"안녕하세요."

도시락이 인사했다.

"오… 맙소사."

"그러게… 맙소사네. 진짜 맙소사, 오……."

"뭐가 어떻게 된 겁니까?"

길드원들은 신혁돈을 바라보았고 신혁돈은 도시락을 바라보았다. 그러자 신혁돈의 시선을 받은 도시락이 말했다.

"로스카란토의 자식들에게 받은 에르그 에너지와 아엘로의 에르그 에너지를 얻어 진화했습니다. 그 와중에 개화되지 않았던 리토넬의 스킬 '셰이프 시프터'가 개화했고 육체를 변화시킬 수 있게 되었습니다."

2미터가 넘는 흑인이 두 손을 모은 채 공손하게 말을 하는 모습은 볼 만한 구경거리였다.

흑인의 정체가 날개 길이만 15미터 가까이 되는 괴물이라면 더더욱.

"…도시락?"

"그 이름이 마음에 들진 않지만 예, 제가 도시락입니다."

리토넬의 스킬을 개화한 탓인지 까부는 성격 또한 리토넬과 비슷한 느낌이었다.

도시락은 주인을 닮은 것인지 보무도 당당하게 덜렁거리고 있었고 그것을 보다 못한 김민희가 말했다.

"누구 남는 옷 없어요?"

윤태수가 헛웃음을 흘리며 도시락에게 다가갔다. 그는 아공간에서 모포 하나를 꺼내 도시락의 몸에 둘러주며 말했다.

"진짜 도시락이야?"

"예. 윤태수… 님."

무어라 불러야 할지 잠깐 고민했던 도시락은 신혁돈의 눈치를 보며 '님' 자를 붙였다. 덩치에 어울리지 않는 귀여운 모습에 자연스레 웃음이 났다. 별말 없이 도시락의 모습을 지켜보고 있던 홍서현이 물었다.

"근데 왜 그런 모습이야?"

"그런 모습? 제 모습이 이상한가요?"

홍서현이 천천히 고개를 끄덕이며 답했다.

"이상해."

"멋… 있지 않나요?"

"어느 부분이?"

"전체적으로?"

"전혀."

홍서현의 반응에 도시락은 고개를 돌려 다른 이들을 바라보았다. 그들 또한 홍서현의 의견에 동의한다는 듯 고개를 끄덕이고 있자 도시락은 상처받은 표정을 하고선 고개를 숙였다.

그때.

"왜요? 멋있기만 하구만."

고준영이었다.

그의 말에 도시락의 고개가 번쩍 들리며 고준영과 눈을 마주쳤고 고준영은 엄지를 척 치켜세워 주었다.

두 사내의 뜨거운 눈빛이 오가는 것을 본 윤태수는 고개를 휘휘 저으며 말했다.

"하던 거나 마저 끝내자."

*　　　　*　　　　*

두 시간가량 걸려 모든 에르그 코어를 흡수한 이들이 다시 모였을 때, 헤이톤이 말했다.

"우리는 모든 하늘거북의 어미에게로 가 볼 생각인데 같이 가는 것이 어떻소?"

신혁돈은 고개를 저었다.

"돌아가야 합니다."

"왔던 곳으로 돌아가겠구려."

"예."

"아쉽소."

"언젠가 다시 볼 날이 있을지도 모릅니다."

신혁돈의 대답이 마음에 들었는지 헤이톤은 껄껄거리는 웃음을 터뜨린 뒤 고개를 끄덕였다.

"그럼 그날을 기다리고 있겠소."

헤이톤은 개미의 대가리를 낮춰 신혁돈에게 손을 건넸고, 신혁돈은 그의 손을 맞잡고 악수를 했다.

그리곤 몇 마디 덕담을 나눈 로스카란토의 자식들은 하늘 거북들을 이끌고 길을 떠나기 시작했다.

마음 같아서는 하늘거북 몇 마리를 지구로 데리고 가고 싶었지만 불가능한 일이었다. 하지만 차원 관문이 있으니 에르그 에너지만 충분하다면야 언제든 데리러 올 수 있을 것이었다.

거기까지 생각하자 사막악어들이 떠올랐다.

단카.

신혁돈에게 무기를 사사받은 사막악어의 우두머리.

그 또한 성장을 거듭하고 있을 것이고 언젠가 신혁돈이 찾아가 도움을 구한다면 마다하지 않고 도울 것이었다.

천천히 고개를 끄덕인 신혁돈은 도시락과 대화를 나누고 있는 길드원들을 바라보며 말했다.

"집으로 돌아가자."

＊　　　　＊　　　　＊

일곱 번째 시련의 차원석을 찾아 부순 순간.

[아이가투스의 일곱 번째 시련을 클리어하셨습니다.]
[아이가투스의 눈속임 망토가 성장하였습니다.]
[두 개의 히든 퀘스트를 클리어하셨기에 보상이 증가합니다.]
[믿을 수 없는 업적입니다.]
[보상의 질이 높아졌습니다.]
……

　보상이 좋아졌다는 메시지가 수도 없이 많이 떠올랐다. 신
혁돈뿐만 아니라 모든 길드원이 눈앞을 뒤덮는 수많은 메시지
를 보며 입을 떡 벌렸다.
　모든 메시지를 치운 순간 눈이 부실 정도로 밝게 빛나는
에르그 코어 4개가 그들의 눈앞에 떠올라 있었다.
　"…저 정도 빛이면 에픽 아이템 아닙니까?"
　고르곤의 에르그 코어도 저것보다 밝게 빛나진 않았다.
　그런 에그르 코어가 4개라니.
　그중 하나는 가이아의 목소리라 해도 3개가 아이템이라는
말이 된다.
　그런 와중에도 신혁돈은 덤덤하게 에르그 코어로 걸어가

손을 얹었다.

그러자 네 개의 에르그 코어가 폭발하듯 빛을 뿜어댔고 처음 보는 광경에 신혁돈마저 한 걸음 뒤로 물러섰다.

어마어마하게 커졌던 빛이 사그라들자 길드원들은 자신의 눈을 의심했다.

"…저게 몇 개야?"

"하나 둘 셋… 열네 개."

총 열네 개의 아이템이 바닥에 나동그라져 있었다.

신혁돈이 한 걸음 다가가 아이템을 확인하자 길드원들 또한 근처에 있는 아이템들을 주워 확인하기 시작했다.

"유니크 갑옷이야!"

"이 검도 유니큽니다!"

"이 신발도!"

확인해 본 결과 모든 아이템이 유니크 아이템이었다.

"…맙소사."

"나, 여기 또 올래."

그간 했던 고생은 모두 잊게 할 정도로 달콤한 보상이었다. 유니크 아이템 하나만 하더라도 어지간한 빌딩 몇 채를 살 정도의 가격대를 형성하고 있다.

한데 열네 개라니.

"이거 다 팔면 서울도 사겠는데?"

"서울이 뭐야? 워싱턴도 사겠다."

길드원들이 날 듯 기뻐하며 만담을 나누는 사이 신혁돈은 홀로 굳은 표정을 하고 있었다.

아이템들을 하나씩 확인하며 아공간에 집어넣던 윤태수는 신혁돈의 표정을 보고선 물었다.

"왜 그런 표정을 하고 계십니까?"

"과해."

"예?"

보상이 과하다.

두 달에 가까운 시간과 세 마리의 차원지기. 그리고 셀 수 없이 많은 하피를 무찔렀다.

하지만 그것에 대한 보상은 로스카란토의 자식이 해준 것들로도 충분하다.

저번 삶에서 그랬고 이번에도 그래야 맞다.

한데 유니크 아이템 14개라니.

보상이 과한 데는 필시 이유가 있을 것이고 그 이유는 쉽게 짐작할 수 있었다.

"이 아이템이 필요한 시점이 멀지 않았다는 뜻이다."

"그게 무슨……."

신혁돈 일행이 가진 힘은 어마어마하다. 거기에 딱 필요한 아이템들을, 그것도 유니크로 갖추었다면?

그들을 막을 수 있는 집단은 지구상에는 없다.

가이아의 시스템이 이런 힘을 아무런 생각 없이 주었을까?

그럴 리 없다.

그제야 신혁돈의 생각을 짐작한 윤태수가 고개를 돌려 지구로 향하는 차원문을 바라보았다.

"지구에 무슨 일이 생긴 겁니까?"

"아직 모른다."

신혁돈과 윤태수의 분위기를 눈치챈 이들이 기뻐하던 것을 멈추고 두 사람에게로 다가왔다.

윤태수가 그들에게 설명을 하는 사이 신혁돈은 가이아의 목소리를 향해 손을 뻗었다.

[감각의 마왕. 아이가투스에게 도전하기 위해서는 11번의 시련을 이겨내야 한다.

그중 여덟 번째 시련은 이렇다.

—다섯 개의 태양이 지다.]

"후……."

신혁돈이 짧은 한숨을 토했고 설명이 끝난 윤태수가 물었다.

"다음은 뭡니까?"

"다섯 개의 태양이 지다."

"…미친."

나지막히 욕을 뱉은 윤태수는 자신도 모르게 홍서현의 눈치를 살폈다. 하지만 홍서현 또한 비슷한 생각을 하고 있는지 온 얼굴로 욕을 하고 있는 모양새였다.

신혁돈이 홍서현을 바라보며 물었다.

"다섯 개의 태양에 대해 아는 거 있나?"

"마야. 중미 쪽 신화 중에 비슷한 내용이 있었던 것 같은데 기억이 확실하지 않아."

신혁돈은 천천히 고개를 끄덕인 뒤 말했다.

"나가서 찾아보는 게 빠르겠군."

홍서현이 고개를 끄덕이자 신혁돈은 곧바로 차원문을 바라보며 말했다.

"돌아가자."

말을 마친 신혁돈은 한 점 미련도 없이 차원문을 넘었다.

남은 이들은 아쉬운 듯 시원한 듯 주위를 한 번씩 둘러본 뒤 차원문을 넘었고 패러독스의 모든 이들이 차원문을 넘자 차원문이 닫혔다.

*   *   *

더 가드의 길드 사무실.

조훈현의 얼굴이 찌그러지는 것을 실시간으로 보고 있단 간수호의 얼굴 또한 얻어맞은 듯 찌푸려지기 시작했다.

"설마… 제가 예상하는 그건 아니겠죠?"

그가 이토록 고통을 호소하는 일은 단 한 번밖에 본 적이 없다.

일본에서 고르곤이 나타났을 때.

고통에 미간을 찌푸린 조훈현은 간수호의 바람을 송두리째 날려 버릴 대답을 뱉었다.

"그레이트 화이트 홀이 열릴 것 같다."

"…전에 일본에 있을 때랑 똑같습니까?"

"더 심해."

간수호의 장난기 가득했던 얼굴이 긴장으로 가득 찼다.

"위치는요?"

"아직 모르겠어."

위치를 모른다는 것은 그레이트 화이트 홀이 열리기까지 시간이 남았다는 뜻이나 다름없다. 한데 이렇게 고통스러워한다는 것이 이해가 되질 않았다.

"그런데 그렇게 고통스러워하십니까? 고르곤 때보다 심한 것 같습니다."

"…나야 모르지."

말을 하는 조훈현의 손이 심각할 정도로 떨리고 있었다.

"잠시만 기다리십시오."

말을 마친 간수호는 태블릿 PC를 조작하기 시작했다.

두 달 전 고르곤 사태라 불리는 사건으로 인해 조훈현의 화이트 홀 탐지 방법은 더 가드와 함께하기로 한 다섯 길드로 흘러들어갔다.

다섯 길드는 에르그 에너지를 다루는 데 능숙한 이들을 뽑아 화이트 홀 탐지를 훈련시켰고, 조훈현만큼은 아니더라도 비슷하게 흉내 낼 정도는 되었다.

간수호는 그들에게 연락을 하고 있는 것이다.

곧 대답이 왔고 간수호가 조훈현에게 말했다.

"중국과 일본, 미국과 유럽은 아무런 이상 없답니다."

"그럼 한국이네."

"…그렇게 담담하게 말할 겁니까?"

"별수 있냐? 두 달이나 안 나타난 것에 감사해야지. 애들 준비시키고 협력 길드들 전부 한국으로 불러."

"한국이라 확신하십니까?"

"확신한다."

두통이 더욱 심해지다 못해 누군가 송곳으로 뒤통수를 후벼 파는 느낌이었다. 조훈현은 이를 악물고는 소파에서 몸을 일으켰다.

그 순간 방금까지의 고통이 모두 환상이었다는 듯 머릿속이 맑아졌다.

"지도! 지도 켜봐!"

조훈현이 달라진 것을 눈치챈 간수호가 재빨리 지도를 켠 태블릿 PC를 내밀었고 조훈현은 지도를 쓱 살피더니 말했다.

"일산, 일산이다. 정부에 알려서 대피 명령 내리라 하고, 당장 움직여!"

간수호는 대답도 하지 않은 채 방을 뛰쳐나갔고, 조훈현은 그의 뒤를 따라 나가며 핸드폰을 꺼내 들었다.

지난 두 달간 수도 없이 전화해 봤지만 받지 않는 번호.

'제발 좀 받아라.'

—전화기가 꺼져 있어……

무뚝뚝한 기계음에 조훈현은 핸드폰을 부술 듯 쥐며 낮게 읊조렸다.

"빨리 좀 오십시오. 기다리다 사람 죽겠습니다."

*   *   *

지구는 다른 차원에 비해 대기 중 에르그 에너지 분포도가 현저히 낮다.

그렇기에 차원문 사냥을 나갔던 각성자들이 지구로 돌아와 제일 먼저 하는 일은 적응이다.

굳이 비슷한 것을 찾자면 잠수병을 치료하기 위해 잠수부들이 찾는 감압 시설을 예로 들 수 있다.

물론 각성자들은 그런 시설이 따로 필요한 것이 아니라 적응될 때까지 숨을 쉴 때마다 산소가 모자란 것과 비슷한 느낌을 받는 것뿐이다.

"음……"

차원문을 넘은 윤태수는 무의식적으로 숨을 들이쉬었다가 의아한 표정을 짓고선 다른 이들을 바라보았다.

그들 또한 알 수 없는 느낌을 받고 있는지 묘한 표정을 짓고 있었다. 윤태수가 무어라 말하려는 순간. 신혁돈이 말했다.

"화이트 홀 때문이다."

"아하."

화이트 홀에서 흘러나오는 에르그 에너지 덕에 지구의 에르그 에너지 분포도가 높아진 것이다. 그래서 적응이 따로 필요 없게 된 것.

찝찝한 기분을 느끼지 않아도 되니 좋긴 했다.

윤태수는 몸속의 에르그 에너지를 느끼며 말했다.

"우리가 움직이기 쉬운 만큼 괴물들도 편하게 움직이겠지 말입니다."

"화이트 홀의 존재 이유지."

전보다 더 찝찝한 기분에 혀를 찬 윤태수는 기지개를 편 뒤 말했다.

"일단 돌아가서 쉽시다."

그때 백종화가 말했다.

"그전에 해결해야 할 일이 생긴 것 같은데."

백종화가 아무것도 없는 공터로 시선을 던졌고, 신혁돈의 시선이 뒤를 따랐다.

두 사람의 표정에서 긴장을 느낀 김민희가 물었다.

"무슨 일이요?"

"타이밍 참 더럽게 좋네. 그레이트 화이트 홀인 거 같아."

백종화의 말에 모든 길드원의 얼굴이 형편없이 찌푸려졌다.

"…아니, 무슨."

"일복 터졌네, 아주."

일행들이 툴툴거리는 사이 굳은 얼굴을 한 백종화가 신혁
돈에게 말했다.

"거리는 20㎞ 정도. 느껴지는 에르그 에너지가 고르곤 때보
다 큽니다."

"알고 있다."

일단 정보가 필요하다.

몇 번째 그레이트 화이트 홀인지, 만약 두 번째라면 모르는
놈이고 세 번째라면 알고 있다. 두 번째 놈이라면 잡을 만하
고 세 번째 놈이라면 준비가 필요한 상황.

패러독스 길드원들이 대화를 나누는 사이 주변에 있는 사
람들의 시선이 몰리기 시작했다.

"저 사람들, 패러독스 아니야?"

"에이, 그 새가 없잖아. 마스코트 같은 큰 새."

"저 망치가 증거 아니야?"

그때 신혁돈이 주변에 있는 사람 중 핸드폰을 꺼내 패러독
스의 사진을 찍고 있는 이에게 다가갔다.

그는 잘못한 것이 없음에도 움찔하며 신혁돈의 위해머에
시선을 던지며 말했다.

"무, 무슨 일이시죠?"

"핸드폰 좀 빌리지."

핸드폰의 주인이 대답도 하기 전 신혁돈은 그의 손에서 핸
드폰을 잡아채어 윤태수에게 건넸다. 윤태수는 어이가 없다
는 듯 물었다.

"전에 그 핸드폰도 이렇게 뺏은 겁니까? 주웠다면서요."

"더 가드에 전화해서 몇 번째 그레이트 화이트 홀인지 물어
라."

여전히 마이페이스인 대답에 윤태수는 혀를 찼다. 그리곤
아공간에서 레어 등급의 아이템 하나를 꺼내 핸드폰의 주인
에게 건넸다.

"이거 하나면 핸드폰 열 개는 사고도 남을 겁니다. 안에 있
는 자료는 미안하지만 상황이 급박하다 보니… 이해해 주시면
감사하겠습니다."

핸드폰을 뺏긴 것에 무어라 말하려던 핸드폰의 주인은 함
박웃음을 지으며 아이템을 받아들었다.

"괜찮아요. 다 백업해 뒀거든요. 편히 쓰시고… 혹시 시간
되시면 사진 한 장 찍어도 될까요?"

요즘 핸드폰은 사진을 찍자마자 인터넷에 저장되고 전화번
호부는 알아서 백업되곤 한다.

핸드폰의 주인은 안 그래도 약정이 끝나가 핸드폰을 바꿀까 하던 와중에 웬 횡재냐는 생각을 하고 있었다.

윤태수는 길드원들을 힐끗 본 뒤 핸드폰의 주인과 사진을 한 장 찍어주었다.

윤태수는 해맑게 웃고 있는 주인에게 짧게 고개를 숙여 감사를 표한 뒤 더 가드의 길드마스터 조훈현에게 전화를 걸었다.

그사이 흑인의 모습을 하고 있던 도시락이 원래의 모습으로 돌아가기 시작했다.

"으아아……!"

"저게 뭐야."

2미터가 조금 넘는 인간의 뼈와 근육이 뒤틀리며 15미터짜리 괴물로 변하는 과정을 처음 보는 사람이라면 놀라 비명을 지르는 게 당연하다.

길드원들이 익숙한 듯 도시락이 변신할 공간을 만들어주는 사이 전화가 연결되었다.

거친 바람 소리와 고함. 폭발음 사이로 조훈현의 목소리가 들려왔다.

─누구십니까?

"윤태숩니다."

윤태수의 목소리를 들은 순간 조훈현이 크게 숨을 들이 쉬는 것이 느껴졌다.

―…태수 씨? 패러독스?

"더 가드 마스터 직통 전화번호를 아는 윤태수가 저 말고 또 있습니까?"

―아니… 그래, 일단 나왔다니 축하드리고 고맙습니다. 그리고 당장 일산으로 와주십시오.

근래 들어 고맙다는 말을 참 많이 듣는 것 같다는 생각이 들었다. 나쁘지 않은 기분이었지만 뒷말은 달갑지 않다.

"몇 번째 그레이트 화이트 홀입니까?"

―벌써 알고 계셨군요. 고르곤 이후 처음입니다.

윤태수는 변신을 마친 도시락의 등에 오르며 신혁돈에게 말했다.

"두 번째랍니다."

그리곤 다시 전화기에 대고 말했다.

"지금 가겠습니다. 알아야 할 다른 정보는 없습니까?"

―쾅쾅! 휘이이이! 좌르륵! 타타타탕!

몇 번의 폭발음과 동시에 전화가 끊겼다.

총소리까지 들리는 것을 보아서는 급박한 상황이 펼쳐지고 있는 모양. 윤태수는 들은 것들을 얘기해 준 뒤 도시락의 등 위에 앉았다.

도시락은 날아올랐고 곧바로 일산으로 머리를 돌렸다.

*   *   *

일산의 호수 공원 인근의 번화가.

휘이이익!

거대한 뱀의 꼬리가 전화기를 들고 있는 조훈현의 머리 위로 떨어져 내렸다.

조훈현은 핸드폰을 든 채로 몸을 던졌고 찰나의 차이로 지하철 한 칸만 한 꼬리가 그가 있던 곳을 덮쳤다.

콰아앙!

먼지가 피어오른 순간, 꼬리가 횡으로 움직이며 조훈현의 몸을 노렸다.

'뛰면 당한다!'

허공에 오른 순간 꼬리가 방향을 튼다면 그대로 당할 수밖에 없다.

'막아?'

아무리 각성자라 한들 달려오는 지하철을 막을 순 없다. 조훈현과 그의 뒤에 서 있는 이들을 한 번에 쓸어버리기 위해 휘둘러지고 있는 꼬리는 지하철보다 컸으면 컸지, 작진 않다.

"피해!"

선택지가 없기에 조훈현은 어쩔 수 없이 허공으로 뛰어올랐다. 그러면서 양손으로 에르그 에너지를 내뿜었다.

에르그 에너지를 마치 제3의 손처럼 사용하는 능력, 염력을 발동시킨 것이다.

보이지 않는 거대한 손이 뱀의 꼬리를 붙잡은 순간 찰나의 틈이 생겼고, 샛노란 빛줄기들이 뱀의 몸을 때려댔다.

동시에 쾅쾅거리는 굉음이 조훈현의 귀를 때렸다.

총을 쏘고 있는 것이다.

차원문 안에서는 사용할 수 없지만 화이트 홀을 통해 밖으로 튀어나온 놈들에게는 현대의 화기가 통한다.

아니, 통했었다.

"사격 중지! 사격 중지!"

세 개의 머리와 아홉 개의 갈라진 꼬리를 가진 거대한 뱀, 코드네임 삼두사는 화가 난 것인지 끝이 갈라진 혀를 색색거리며 총을 쏜 이들에게 고개를 돌렸다.

"원거리 공격이다! 산개!"

밀집해 있던 군인들이 개미 떼처럼 사방으로 흩어진 순간 삼두사가 침을 뱉듯 독 덩어리를 뱉었다.

강산성을 띄고 있는지 독에 닿은 모든 것들이 녹아들었고, 거기엔 미처 피하지 못한 군인들 또한 포함되어 있었다.

잠깐 시선을 돌렸던 조훈현은 그제야 핸드폰을 떨어뜨렸다는 사실을 인지했다.

이런 난리 통에 핸드폰을 찾을 수 있을 리 없다.

조훈현은 입술을 깨문 뒤 뒤로 물러서며 외쳤다.

"조금만 더 버텨라! 패러독스가 온다!"

지하철만 한 아홉 개의 꼬리가 쉴 새 없이 땅을 격동시키고 세 개의 대가리는 끊임없이 독을 뿜어댄다.

일산 근교의 모든 메이지 계열 각성자들이 모여 건물 옥상에 올라 쉴 새 없이 공격을 퍼부어 대고 있었지만 어지간한 사람 몸통만 한 비늘들에 모두 막히고 있었다.

전황이 불리하다.

그렇기에 활기를 불어넣어 분위기를 반전시킬 필요가 있었고, 그것에 대한 특효약이 바로 패러독스인 것이다.

조훈현의 말이 효과가 있었는지 소극적으로 피하기만 하던 밀리 계열 각성자들이 무기의 손잡이를 굳게 쥐고선 삼두사의 비늘을 긁어내기 시작했다.

수백의 인원이 삼두사에게 상처를 내기는커녕 피해만 입고 있었다.

'도대체가······.'

지금까지 상대해 온 괴물들과는 격이 다르다. 삼두사의 강함을 실감할수록 패러독스에 대한 생각이 자꾸만 들었다.

'패러독스는 도대체 어떻게 이런 괴물을 잡은 거야?'

고르곤이 첫 번째 그레이트 화이트 홀이었다지만 삼두사보다 약할 것이라는 생각은 들지 않는다.

패러독스가 온다는 말로 사기를 진작시키긴 했지만 자신의 공격은 통하지 않고 옆의 동료가 피떡이 되어 튕겨 나가는 것을 본 이들은 또다시 겁을 집어먹었다.

목숨을 걸고 싸우고 있다는 것이 실감이 나기 시작한 것이다.

그런 와중에 더 가드의 길드원들은 말 그대로 초개처럼 목숨을 던지고 있었다.

한 번의 공격이라도 더 성공시키기 위해, 다른 이들을 살리기 위해.

울컥하는 감정을 찍어 누르며 조훈현 또한 염력을 통해 삼두사의 공격을 막아냈다.

그때 머리 위로 어마어마한 에르그 에너지의 응집이 느껴졌다.

삼두사 또한 같은 것을 느꼈는지 세 개의 고개가 동시에 하늘로 돌아갔고, 그 순간.

번쩍!

콰과과과과과광!

하늘이 분노하면 이러할까.

어마어마한 굵기의 불기둥이 삼두사의 대가리에 내리꽂혔다.

도시락의 등 위에서 고르곤의 분노를 쏜 윤태수의 눈이 동그래졌다.

"…뭐야?"

방금까지 아무런 상처도 없이 날뛰고 있던 삼두사의 머리 하나가 사라져 있었다.

고르곤의 분노를 쏘아낸 윤태수는 자신이 쏜 불기둥에 놀라고 있었다. 그의 주변에 있던 이들 또한 마찬가지.

삼두사가 공격 범위에 들어온 순간 온몸의 에르그 에너지를 끌어모아 쏘긴 했지만 이런 어마무시한 위력이 나올 줄은 몰랐다.

로스카란토의 자식들이 보상으로 주었던 에르그 에너지가 진가를 발휘한 것이다.

윤태수가 멍하니 있는 사이 어느새 세뿔가시벌레의 모습으로 변한 신혁돈이 삼두사에게로 날아갔고 그 뒤를 이어 길드원들이 하나둘씩 지상으로 뛰어내렸다.

순식간에 전장의 중앙에 선 신혁돈이 외쳤다.

"전투는 내가 지휘한다. 모두 물러서."

어마어마한 공격에 아직도 정신을 놓고 있던 각성자들과 군인들이 물러서기 시작했고, 그것을 확인한 신혁돈이 길드원들에게 명령했다.

"꼬리부터 자른다."

신혁돈의 명령에 고개를 끄덕인 이들이 나누어져 꼬리로 향했다.

그와 동시에 홍서현의 버프가 모든 이들의 몸에 스며들었고 그들은 깨달았다.

'전과 다르다.'

그냥 다른 것도 아니고 엄청나게 강해졌다.

멍하니 있던 윤태수가 정신을 차리고 도시락의 등을 밟고 섰다. 그리곤 다시 한 번 에르그 에너지를 모은 순간.

"키에에에에에!"

삼두사가 기성을 지르며 도시락을 향해 독을 뿜었다.

"까아아악!"

도시락은 가당치도 않다는 듯 마주 포효하며 불덩이를 뿜어냈고 그 불덩이 또한 전과 비교도 할 수 없을 정도로 어마어마한 에르그 에너지를 품고 있었다.

불덩이는 독을 모두 태워버린 뒤 삼두사에게로 날아갔다. 삼두사가 아연실색을 하며 몸을 뒤틀었고 도시락 또한 자신의 공격에 놀랐는지 움찔했다.

어느새 익숙해진 윤태수는 두 개 남은 머리 중 하나를 조준했다. 그리고 충분한 에르그 에너지가 모이자 고르곤의 분노를 발사했다.

콰콰콰콰콰콰!

불기둥이라기보다는 거대한 붉은 쇳덩어리가 날아가는 것처럼 보였고 속도 또한 엄청났다.

삼두사는 재빨리 몸을 움직였지만 머리 한쪽이 터져 나가는 것까진 막을 수 없었다.

"키에에!"

엄청난 고통에 포효를 내지른 순간.

서걱!

서걱서걱!

삼두사의 꼬리가 하나둘씩 잘려 나가기 시작했다.

그 어떤 무기로도 뚫지 못했던 비늘이 두부 썰리듯 슥슥 잘려 나간다.

"…맙소사."

조훈현이 모두의 심경을 대변한 말을 뱉었다.

마치 정육점 주인이 돼지고기를 썰듯 삼두사는 순식간에 해체되기 시작했다.

수십 명의 목숨을 앗아간 아홉 개의 꼬리가 잘리고 두 개의 목이 날아간 삼두사는 이제 짧고 뚱뚱한 뱀이 되어버렸다.

패러독스가 나타난 순간 승패가 결정되었다.

단 두 방으로 모든 에르그 에너지를 소모한 윤태수가 도시락의 목에 기대선 순간.

"키에에엑……!"

신혁돈이 하나 남은 삼두사의 머리를 잘라 버렸다.

현실성이라곤 단 한 점도 없는 광경에 윤태수는 헛웃음을 흘렸다.

"…우리가 이렇게 강했나?"

"까악."

도시락 또한 모르겠다는 듯 짧게 울음을 뱉었다. 윤태수는 도시락의 목 깃털을 쓰다듬으며 말했다.

"로스카란토의 자식들에게 감사해야겠는데. 거의 치트급 급

성장을 시켜주셨네."

"까악."

동의한다는 듯 도시락이 울었고 그사이, 신혁돈은 이미 숨을 거둔 삼두사의 머리를 분해하며 확인 사살을 하고 있었다.

제4장

아이기스 창설

조각난 삼두사의 몸 위로 에르그 코어가 떠오른 순간.

"우와아아아아아아!"

압도적인 전투를 보여준 패러독스를 향해 엄청난 환호가 쏟아져 나왔다.

그 사이에서 조훈현은 기뻐하는 기색이 아니었다. 인파를 헤집고 나타난 간수호 또한 무언가를 걱정하고 있는 얼굴이었다.

"보셨습니까?"

"뭘?"

"전부 말입니다. 등장과 동시에 날아온 불기둥부터 삼두사

썩어버리는 것까지."

"다 봤지."

"고작 두 달 만에 저렇게 강해진다는 게 말이 된다고 생각하십니까?"

고르곤 처치 영상에서 보았던 영상과 다른 사람들이라 해도 믿을 정도로 강해졌다. 단순히 힘만 강해진 게 아니라 알 수 없는 여유가 넘쳐흐르고 있다.

"그러게."

조훈현은 혼이 빠진 듯한 얼굴로 성의 없이 대답하자 간수호가 그를 채근했다.

"그러게가 아닙니다! 무슨 일이 있었는지 무슨 수를 써서 저렇게 강해졌는지를 알아내야 합니다."

"그렇지."

두 달 동안 조훈현과 간수호 또한 다른 이들이 부러워할 정도의 성장을 이루었다.

몸을 아끼지 않고 돌아다니며 화이트 홀을 제거했고, 또 수많은 차원문을 봉인시켰다.

그런데 패러독스와의 차이가 좁혀지기는커녕 오히려 더 크게 차이가 나고 있다.

간수호는 답답한지 짧은 한숨을 토한 뒤 패러독스를 향해 시선을 돌렸다.

그때 조훈현이 말했다.

"각성자가 강해지는 방법은 노력뿐이야. 그렇지?"

"…어디 아랍 왕자 정도로 돈이 많지 않은 이상에야 그렇죠."

"그럼 저들은 얼마나 노력했다는 거지?"

간수호는 그제야 조훈현의 반응을 이해할 수 있었다.

자신들 또한 두 달 동안 뼈를 깎는 노력을 통해 이만큼 성장했다.

한데 저들은?

아무리 천운이 따라준다 한들 노력을 하지 않으면 저만큼 강해질 수 있을까?

간수호의 고개가 자신도 모르게 횡으로 저어졌다.

"무슨 일이 있었는지 궁금한 건 마찬가지다만 안다고 따라할 수 있을지는 모르겠다."

"그것도 그렇습니다."

간수호가 조금은 풀이 죽은 목소리로 답하자 조훈현이 피식 웃음을 흘렸다. 그리곤 턱짓으로 패러독스 일행을 가리키며 말했다.

"일단 가지."

"예."

*　　　*　　　*

확인 사살을 마친 신혁돈은 홀로 그레이트 화이트 홀로 들어가 차원석을 부순 뒤 돌아왔다.

그의 손에는 지팡이 하나가 들려 있었는데 그를 보는 메이지들의 시선이 심상치 않아졌다.

패러독스의 길드원들이 그의 근처로 모여들었다.

그사이 신혁돈은 삼두사의 에르그 코어까지 확인했다. 어른 몸통만 한 에르그 코어는 신혁돈의 손이 닿기 무섭게 줄어들며 한 쌍의 너클로 변했다.

그 광경을 보고 있던 이남정은 입꼬리를 한껏 올린 채로 아이템을 바라보며 말했다.

"뭐 나왔습니까?"

"네 거."

신혁돈은 한 쌍의 너클을 이남정에게 던져준 뒤 세 명의 메이지를 바라보았다.

로스카란토의 차원에서 얻은 유니크 아이템들을 아직 배정하지 않았기에 세 사람 다 지팡이를 탐내고 있었다.

신혁돈은 세 사람이 아닌 윤태수에게 지팡이를 던져준 뒤 말했다.

"넣어둬."

말을 마친 신혁돈은 삼두사의 심장을 찾기 시작했고 그 광경을 본 도시락이 입맛을 다시며 다가왔다.

그 모습을 본 윤태수가 도시락에게 말했다.

"이거 다 돈이니까 고기만 골라먹어라. 비늘은 상하면 안 돼."

"까악."

윤태수의 공격으로 머리 두 개가 형체도 남지 않고 사라진 것을 비난하고 싶었지만 새의 모습으로는 인간의 말을 할 수 없었다.

불평 섞인 울음을 토한 도시락이 결국 조각난 꼬리를 뜯어먹는 사이 신혁돈은 심장을 갈라 에르그 기관을 섭취했다.

[삼두사의 영혼을 흡수하셨습니다.]
[아엘로의 영혼이 삼두사의 영혼을 흡수했습니다.]
[보유한 영혼의 수 : 1]

아엘로의 영혼이 삼두사의 영혼보다 강한 것인지 아엘로의 영혼이 삼두사의 영혼을 흡수해 버렸다.

보유한 영혼의 수가 표시되는 것을 보면 무조건 잡아먹는 것은 아닐 것이다. 분명 무슨 조건이 있을 텐데.

아직은 알 수 있는 방법이 없었다. 생각을 접은 신혁돈은 입가에 묻은 피를 팔뚝으로 문질러 닦고선 길드원들에게로 향했다.

신혁돈의 시선이 길드원들의 뒤편을 향했다.

이남정이 너클을 살피는 사이 다른 이들의 시선 또한 뒤로 돌아갔고 다가오는 두 사람을 발견하고 인사를 건넸다.

"오랜만입니다."

"거의 두 달 만이군요."

두 사람은 동시에 인사를 하다가 서로를 바라보았고 결국 간수호가 한 걸음 물러선 뒤에야 조훈현이 말했다.

"이번에도 감사합니다."

신혁돈이 고개를 끄덕이자 조훈현은 패러독스 길드원들의 행색을 힐끗 살핀 뒤 물었다.

"어마어마하게 강해지셨군요."

"예."

"이곳 정리는 저희가 맡겠습니다. 나눌 이야기가 산더미처럼 쌓여 있는데… 지금은 좀 그렇겠죠?"

신혁돈이 다시 한 번 고개를 끄덕이자 조훈현 또한 고개를 끄덕였다.

두 달 만에 지구로 돌아온 이들에게 곧바로 이야기를 하자 했다간 무슨 욕을 들어도 할 말이 없다.

"그럼 언제가 괜찮으시겠습니까?"

신혁돈은 높이 떠 있는 태양을 슥 바라본 뒤 말했다.

"내일 점심쯤 찾아가죠."

"예, 그럼 그때 뵙겠습니다."

조훈현이 악수를 건넸고, 신혁돈이 그의 손을 맞잡았다.

"고생 많으셨습니다."

"예."

대화가 끝나자 조훈현이 상황을 정리하기 시작했고 신혁돈 일행은 도시락의 등에 올랐다.

전보다 더욱 커진 것은 물론이거니와 위압감까지 생긴 도시락을 한 번 바라본 간수호는 혀를 내둘렀다.

저러다 정말 빌딩만큼 커지는 게 아닌가 하는 생각이 들었기 때문이다. 간수호가 입을 벌리고 하늘을 보고 있는 사이 조훈현이 그를 불렀다.

"뭐해 인마. M&Q 불러."

M&Q는 괴물의 사체 매입을 전문으로 하는 회사 중 가장 큰 회사였다.

일본에서 고르곤의 시체를 처리해 준 경력 또한 있었고 만족스러운 결과를 내주었기에 다시 일을 맡기려는 것이었다.

*   *   *

마법진 연구를 하던 이서윤은 눈이 침침한 것이 느껴지자 고개를 들고 눈을 깜빡였다.

눈이 좀 괜찮아지자 다시 연구를 시작하려던 이서윤은 손에 들고 있던 장비를 놓아버렸다.

한 번 손을 떼자 다시 하기 싫어진 것이다.

결국 이서윤은 냉장고에서 맥주 한 캔을 꺼낸 뒤 거실로 나가 TV를 틀었다.

패러독스 길드원들이 붐빌 때는 좁게 느껴지던 거실에 혼자 있자니 많은 소파들이 부담스럽게 느껴졌다.

"그나저나 이 인간들은 왜 안 와?"

혼잣말을 뱉은 이서윤은 맥주 캔을 따면서 창밖을 바라보았다.

그들이 차원문으로 들어가고 벌써 두 달이 지났다.

일반적인 각성자들이 차원문에서 실종되고 한 달이 지나면 사망으로 처리된다. 살아 돌아올 가능성이 없기 때문이다.

하지만 패러독스는 달랐다.

그들이 돌아올 것이라 믿는 이들이 많았고, 그 누구도 사망 신고를 할 생각은 하지 않았다.

이서윤 또한 마찬가지.

"…따라갈 걸 그랬나."

맥주를 마시며 채널을 돌리던 이서윤의 손이 멈추었다.

TV의 왼쪽 상단에는 [급보 — 패러독스 귀환] [그레이트 화이트 홀 파괴]라는 문구가 떠 있었다.

"저게 뭐야."

카메라는 조각난 뱀의 시체에 앵글을 맞춰주고 있었는데 조각난 신체의 크기가 어지간한 자동차보다 컸다.

빠르게 화면을 훑은 이서윤은 '패러독스 귀환'이라는 문구를 소리 내어 읽어본 뒤 자신의 핸드폰을 찾았다.

평소에 연락 올 곳이 없으니 아무데나 던져두던 것이 이럴 때 발목을 잡을 줄이야.

한바탕 소동 끝에 이서윤이 핸드폰을 찾아든 순간.

후웅. 후웅.

덜덜덜덜.

거대한 바람에 거실 창문이 떨리는 것이 느껴졌다.

이서윤은 창문을 부술 듯 열어젖힌 뒤 하늘을 바라보았고 곧 도시락을 발견할 수 있었다.

"도시락!"

컹컹컹!

그녀가 키우고 있는 개들 또한 반가운지 달려 나와 짖어댔다.

도시락이 가까워질수록 이서윤의 표정이 굳어갔다.

"뭐야, 또 커졌어?"

이제는 날개를 편 채로는 마당에 들어올 수 없을 정도로 커져 있었다.

도시락의 날개가 집을 때릴 뻔한 순간.

"까악!"

도시락의 머리가 크게 휘청였고 도시락은 가장 큰 날개를 접고 나머지 두 쌍의 날개로 천천히 마당으로 내려왔다.

머리를 맞은 게 분명하다.

도시락이 내려앉는 것을 보고 있던 이서윤은 미소를 지으며 창문을 넘어 마당으로 나갔다.

"왜 이렇게 오래 걸렸……"

우드득!

모든 사람들이 내리자 도시락의 몸이 변하기 시작했다. 반가운 마음에 미소를 짓고 있던 이서윤의 얼굴이 일그러지며 변하고 있는 도시락을 가리켰다.

"저… 저건 왜 저래."

그녀의 반응에 안지혜가 그녀의 옆으로 다가오며 말했다.

"언니, 조금 더 봐봐. 더 끔찍해지니까."

"끔찍해져?"

피부와 근육, 뼈가 뒤틀리며 변하고 있는 지금보다 끔찍해진다니? 이서윤이 고개를 돌릴까 진지하게 고민하고 있는 사이 김민희까지 그녀의 옆으로 다가왔다.

"언니, 오랜만이에요."

"응."

둘이 몇 십 년 만에 만난 이산가족처럼 서로를 부둥켜안고서 해후를 나누는 사이 도시락의 변화가 끝났고 윤태수는 모포를 꺼내 그의 몸을 덮어주었다.

"…오."

2미터가 넘는 흑인이 되어버린 도시락을 본 이서윤은 탄성에 가까운 신음을 흘리더니 검지로 도시락을 가리키며 말했다.

"저게 도시락이라고? 저 거구의 흑인이? 가슴부터 배 위까지 털이 복슬복슬한 저 흑인이? 내 강아지들과 놀던 삐약이는? 뽀얀 도시락은?"

지당한 반응이라는 듯 그녀의 옆에 있던 김민희와 안지혜가 고개를 끄덕였다.

대부분 비슷한 반응이었지만 고준영만은 마음에 들지 않는다는 듯 어깨를 으쓱했다.

"괜찮지 않습니까?"

"어디를 봐서! 도시락은… 도시락은 저런 징그러운 게 아니야!"

자신을 귀여워해 주던 안지혜와 이서윤의 혐오스럽다는 반응에 도시락은 적지 않은 충격을 받은 듯 멍한 눈이 되었다.

뒤에서 이야기를 듣고 있던 신혁돈은 짧은 한숨을 뱉은 뒤 건물 안으로 들어가 버렸다.

이 설전에 관심 없는 이들이 건물 안으로 들어가자 고준영과 세 여자, 그리고 윤태수만이 자리에 남아 있었다.

그때까지도 도시락은 멍한 눈으로 고준영과 여자들을 번갈아 보고 있었다.

"제가… 그렇게 흉측스러운 모습입니까?"

슬픔이 가득 담긴 목소리에 마음이 흔들릴 법도 했지만 세 여자는 약속이라도 한 듯 동시에 고개를 끄덕였다.

그러자 도시락은 천천히 고개를 끄덕인 뒤 고준영을 바라보왔다.

"뭐가 진실이죠?"

고준영이 대답하려는 순간, 안지혜가 말했다.

"우리! 도시락아, 그 모습은 진짜 아니야. 차라리… 그냥 전의 모습으로 있어주면 안 되겠니? 우리는 네가 말을 못하더라도 상관없어."

답답한 것은 도시락이니 상관없겠지.

고준영은 목 끝까지 올라온 말을 삼켰다.

여자 셋이 눈에 불을 켜고 있는 와중에 괜한 말을 꺼냈다가는 무슨 봉변을 당할지 모른다.

고준영은 '너는 멋지다'는 눈빛을 담아 도시락을 바라보았지만 이미 도시락의 동공은 쉴 새 없이 흔들리고 있었다.

이서윤은 기회라 생각했는지 도시락에게 물었다.

"다른 모습으로도 변할 수 있니?"

"…예."

도시락이 기운 없이 대답하자 이서윤이 빠르게 핸드폰을 조작해 귀여운 소녀의 사진을 띄웠다.

"이런 건 어때?"

힐끔 사진을 본 도시락이 고개를 저으며 말했다.

"강해 보이지 않아요."

도시락의 대답에 고준영이 암, 그렇지 하는 얼굴로 고개를 끄덕이다 세 여자의 눈초리를 받고선 시선을 돌렸다.

그때 가만히 듣고 있던 윤태수가 나서며 말했다.

"도시락을 설득하기 전에 일단 누구 펫인지부터 생각해 보는 건 어떻습니까?"

하긴. 도시락은 신혁돈의 펫이다.

그와 함께 지낸 시간이 가장 길고 그렇다는 것은 당연히 신혁돈의 성격을 닮았을 가능성이 높다.

그러니 강해 보이지 않는다는 대답이나 하고 있지.

그때 이서윤의 머릿속에 한 가지 방법이 떠올랐다.

"시락아, 너는 강해 보이기만 하면 되는 거야?"

이서윤은 어느새 '도' 자를 성으로 여긴 채 시락이라는 이름으로 부르고 있었다. 도시락은 곰처럼 생긴 얼굴로 금방이라도 울 것 같은 얼굴을 하고선 천천히 고개를 끄덕였다.

"그럼 됐네. 시락아, 잘 봐."

이서윤은 다른 귀여운 소녀들의 사진을 보여주며 말했다.

"귀엽다는 건 세상에서 가장 강력한 무기란다."

도시락이 이해를 할 수 없다는 표정을 짓자 윤태수는 손바닥으로 자신의 이마를 짚으며 말했다.

"오, 맙소사."

이서윤은 그의 반응을 무시하며 도시락 설득을 시작했다.

귀여움이 강력한 이유에 대해 거의 십 분가량을 듣고 있던 도시락의 눈에 조금씩 생기가 돌더니 이서윤의 말이 끝나자 도시락이 말했다.

"귀여움이란… 강한 것이군요."

이서윤은 눈에서 빛을 쏘아낼 듯 반짝이는 눈을 하고선 크게 고개를 끄덕였다.

"그럼!"

"알겠어요."

말을 마친 도시락의 몸이 다시 한 번 뚝뚝거리는 소리를 내며 변화하기 시작했다.

                    *   *   *

하루를 그대로 쉰 패러독스 길드원들은 아침부터 거실에 모여 그간 있었던 일들에 대해 대화를 나누었다.

하지만 이서윤 또한 바깥일에 관심이 있는 편이 아니었기에 세상 돌아가는 것에 대해 아는 것은 거의 없었고, 주로 로스카란토의 차원에서 있었던 일을 설명해 주는 것이 주를 이루었다.

"세상에, 에픽 스킬이라니 한번 보여주면 안 되나요?"

에르그 에너지가 대폭 증가했기에 신혁돈은 별 부담 없이 차원 관문을 한 번 보여주었고 이서윤은 눈을 반짝였다.

그런 와중에도 품에는 도시락을 꼭 안고 있었다.

열두셋은 되었을까.

새하얀 피부에 진한 이목구비. 먹물보다 진한 새카만 눈동자와 머리카락이 인상적인 소녀. 어디서 구한 건지 프릴 원피스까지 입고 있는 소녀의 정체는 도시락이었다.

세 여자의 관심을 한 몸에 받는 게 마음에 들었는지 도시락은 이서윤의 품에 안겨 과자를 오물거리고 있었다.

차원 관문을 본 이서윤이 말했다.

"다른 차원하고의 연결도 가능할까요?"

"언젠간."

"흠… 에르그 에너지를 강제로 모아두는 마법진을 만들어 놓고 마법진을 이용해서 차원 관문을 펼쳐보는 건 어떨까요?"

그 외에도 차원 관문 이용 방법에 대해 이것저것 대화를 나누었다.

"서윤 씨."

"예."

"이거 말입니다."

윤태수는 잘린 팔목을 보여준 뒤 아공간에서 하피의 창을 한 다발 꺼냈고, 이서윤은 안타깝다는 표정을 지었다가 그가 꺼내는 하피의 창에 시선을 고정시켰다.

"하피의 창으로 어찌어찌 의수를 만들면 어떨까 싶은데."

"괜찮은 생각인데요?"

이서윤은 하피의 창 하나를 받아든 뒤 이리저리 살피기 시작했다. 그러자 백종화가 윤태수에게 말했다.

"아, 아엘로의 창. 말 나온 김에 아이템 분배도 합시다."

이번에 얻은 유니크 아이템들을 전부 꺼내자 모두의 눈이 반짝였다.

　그런 와중에도 이서윤은 하피의 창을 어떻게 이용할 수 있을지에 대해 고민하느라 유니크 아이템에는 시선도 주지 않고 있었다.

　"일단 각자 원하는 거 하나씩 집어봐."

　다들 자신에게 맞는 아이템을 하나씩 집었고 모두가 원하는 유니크 아이템을 집고 나자 남은 것은 아엘로의 창과 하나의 서클렛. 그리고 두 개의 반지와 하나의 목걸이가 남았다.

　남은 아이템의 효과를 살핀 신혁돈은 각자에게 아이템을 나누어주었다.

　신혁돈이 쓸 만한 아이템은 하나도 없었기에 굳이 챙기지 않았고, 마지막 남은 아엘로의 창에 시선을 둔 신혁돈이 말했다.

　"아엘로의 창은 누가 쓸래?"

　윤태수와 세 떨거지들은 검을 쓰기 때문에 별다른 필요가 없었고 메이지 계열들 또한 마찬가지였다.

　한 명씩 얼굴을 살핀 신혁돈은 김민희를 바라보며 말했다.

　"네가 써라."

　"제가 쓰다간 엄한 사람 얼굴에 바람구멍 낼지도 모르는데."

　김민희는 하피의 창을 다루다 윤태수의 머리에 구멍을 낼 뻔했던 것이 떠오르는지 아엘로의 창을 흘겨보았다.

"그럼 될 때까지 연습해."

그러나 신혁돈이 결정을 번복할 리 없었고 김민희는 유니크 아이템을 받아들면서도 울상을 지었다.

배분이 끝나자 신혁돈은 시계를 보았다.

곧 더 가드를 만나러 가야 할 시간이었다.

"20분 뒤 태수, 종화는 나와 함께 더 가드로 간다."

말을 마친 신혁돈이 준비를 위해 거실을 나가려는 순간.

이서윤이 그를 불러 세웠다.

"아, 잠깐만요. 골렘! 옷 가져와."

이서윤이 바깥쪽을 향해 소리쳤고 옷이라는 말에 길드원들의 시선이 이서윤이 소리친 방향으로 고정되었다.

"무슨 옷이요?"

윤태수의 물음에도 이서윤은 미소를 지을 뿐 대답하지 않았고 곧 바퀴가 끌리는 소리와 함께 이동식 옷장이 거실로 들어왔다.

옷장에는 검은 가죽 바지와 갈색 가죽 벨트. 그리고 검은 가죽 코트 열한 벌이 걸쳐져 있었다.

"이게 뭐에요?"

"짜란! 고르곤의 가죽으로 만든 패러독스 길드복입니다!"

이서윤의 소개와 동시에 옷장을 밀고 온 골렘이 모습을 드러냈다.

쇳덩어리에 가죽을 입혀놓은 느낌이긴 했지만 어쨌거나 옷의 전체적인 모습을 살필 수 있었다.

가죽 바지는 카고바지처럼 여러 개의 주머니가 넉넉히 달려 있었고, 코트는 깃이 높게 서 있어 목을 가려주는 형태인 데다 안쪽에는 후드까지 달려 있었다.

그리고 코트 위로 벨트가 채워져 있었는데 쌕(sack) 형태의 주머니가 뒤에 달려 있어 휴대성을 강조한 형태였다.

신발은 종아리의 반 정도를 덮는 가죽 부츠였다.

"오… 괜찮은데요?"

여기저기서 탄성이 나오자 이서윤은 짝짝하고 박수를 쳤고 그녀의 신호에 골렘이 가슴을 툭 내밀었다.

그러자 왼쪽 가슴에 새겨져 있는 붉은색의 문양이 눈에 들어왔다.

여섯 개의 붉은 눈과 두 쌍의 날개를 가진 새가 날아오르는 문양이었는데, 누가 봐도 도시락을 모티브로 한 문양임을 알 수 있었다.

"문양이네요?"

"예, 길드 문양이에요. 일단은 임시로 만들어본 문양이니까 지금 도시락의 모양으로 수정하도록 할게요."

다들 만족하는 얼굴이었지만 백종화는 무언가 걸리는지 입술을 내밀고 있었다. 그러다 이서윤의 말이 끝나자 물었다.

"여름 버전도 있습니까? 이제 곧 여름인데 가죽 바지에 가죽 코트, 거기다 가죽 부츠까지는 무리일 것 같은데."

그러자 이서윤은 예상했던 질문이라는 듯 검지를 곧게 피며 말했다.

"아까 말했듯 고르곤의 가죽으로 만든 옷! 게다가 저의 마법진이 새겨진 전무후무한 아이템이죠. 착용자의 체온조절은 물론 방풍, 방진, 방수가 된답니다. 게다가 고르곤의 가죽이기 때문에 어지간한 갑옷보다 방어력도 높죠!"

홈쇼핑의 쇼 호스트 뺨칠 정도로 말을 잘한다.

자신이 만든 물건을 소개하는 자리라 그런지 평소보다 들뜬 이서윤은 상기된 표정으로 누군가 어서 질문해 주길 바라는 듯한 얼굴을 하고 있었다.

다른 이들이 궁금한 점을 물을 때마다 이서윤은 성심성의껏 질문했고 곧 질문 타임이 끝났다.

그러자 팔짱을 낀 채 한 마디도 없이 지켜보고 있던 신혁돈이 말했다.

"괜찮군."

"그렇죠?"

이서윤은 해맑게 웃으며 걸려 있는 옷걸이 하나와 부츠를 집어 건넸다.

"이게 혁돈 씨 꺼."

신혁돈이 옷을 받아 들자 이서윤이 옷의 한 곳 한 곳을 짚으며 설명을 시작했다.

"여기 보시면 고리 있죠? 여기에 경량화 마법을 걸어서 워해머를 걸 수 있게 해뒀으니까 앞으론 안 들고 다녀도 되고… 이걸 이렇게 하면 코트의 등 쪽이 열려요. 그러니까 날개 펼 때도 굳이 안 벗어도 돼요."

나름 세심한 배려에 신혁돈이 헛웃음을 흘리자 이서윤이 히죽 웃었다.

"고맙다."

신혁돈이 순순히 받아 들고 옷을 갈아입으러 가자 이서윤은 대학 합격 통지서를 받은 수험생처럼 기뻐했다.

이서윤의 기뻐하는 얼굴을 보며 헛웃음을 흘리던 윤태수는 자리에서 일어서려다 아, 하고 멈춰서 이서윤을 부른 뒤 말했다.

"혹시 석궁 같은 것도 만들 수 있습니까?"

그의 물음에 이서윤이 하, 하고 한숨을 흘린 뒤 답했다.

"…내가 무슨 중세 시대 대장장이에요?"

"이번에 하피를 상대하다 느낀 건데 우리가 공중전에 너무 약합니다. 원거리 공격이 가능한 사람도 몇 없다 보니 힘들기도 하고 말입니다.

"일반적인 무기도 아니고 괴물을 상대하는 석궁이 내가 마음먹는다고 뚝딱 만들어질 것 같아요?"

"예."

거의 확신에 가까운 대답에 이서윤의 미간이 팍 찌푸려졌다. 어째 신혁돈 주변 사람들이 전부 신혁돈을 닮아간다는 느낌이 들었다.

이서윤은 잡생각을 턴 뒤 말했다.

"일단 의수부터 만들어 보고 짬나면 생각 정도는 한번 해볼게요."

퉁명스러운 대답에 윤태수는 한쪽 눈을 찡그리고 외출 준비를 하러 갔다.

그의 뒤로 길드원들이 하나씩 다가와 옷을 받아갔고, 마지막까지 남아 있던 백종화가 그녀에게 물었다.

"태수 팔, 잘되겠습니까?"

이서윤은 의외라는 듯 백종화를 한 번 바라본 뒤 말했다.

"예, 그 정도는 충분하죠."

"그럼 부탁드립니다."

"맡겨주세요."

백종화까지 옷을 갈아입으러 가자 이서윤은 골렘이 입고 있는 길드복을 한 번 바라본 뒤 히죽 웃었다.

"누가 디자인했는지 참 잘했단 말이야. 너도 그렇게 생각하지?"

이서윤의 말에 골렘이 천천히 고개를 끄덕였다. 골렘이 스스로 판단한 것인지, 이서윤이 조작을 한 것인지는 알 도리가 없긴 하지만.

길드복을 차려입은 세 남자가 거실로 나왔다.

가죽 바지에 흰 셔츠, 그리고 코트를 입고 벨트를 찬 뒤 가죽 부츠까지 신은 이들은 얼핏 봐서는 코스프레하는 이들 같았다.

누가 알겠는가.

한 명이 입고 있는 것만 집 한 채 값이 나온다는 것을.

신혁돈은 귀여운 소녀의 모습을 하고 있는 도시락에게 손짓했고, 그 모습을 본 이서윤은 도시락의 어깨를 쥐며 말했다.

"가뜩이나 화이트 홀이니 그레이트 화이트 홀이니 하는 문제들로 시끄러운 판국에 괜히 더 이목을 끌어 좋을 것 없지 않아요?"

신혁돈은 대답 대신 이서윤을 바라보았고, 그의 침묵에 이서윤이 한마디를 덧붙였다.

"옛날 도시락보다 훨씬 커지고 까매……."

순간 도시락의 흑인 모습이 떠오른 이서윤은 말을 잠깐 멈추었다가 다시 이었다.

"깃털이 까맣게 변했으니까 사람들이 패러독스의 상징이라 생각하기 힘들 거예요. 일단 오늘은 두고 가고, 나중에 방송 탈 때나 한번 보여줘서 인식시키는 게 좋지 않겠어요?"

말이야 바른 말이지만 이서윤의 눈을 보고 있자니 도시락을 내놓기 싫다는 의지의 표현으로밖에 보이지 않았다.

"그리고 이 정도 크기면 서울 시내에서 착륙할 만한 곳도 없을 걸요?"

도시락은 신혁돈과 이서윤 사이에서 어찌할 바를 모르겠다는 얼굴로 열심히 과자를 집어 먹고 있었다.

도시락의 얼굴을 빤히 바라보던 신혁돈이 입을 열려던 순간.

"진화 때문에 마법진도 다시 새겨야 돼요. 전보다 더 좋은 마법진을 많이 구상해 뒀으니까 오늘은 그냥 두고 가시죠?"

마지막 말에 신혁돈의 고개가 끄덕여졌다.

"그러지."

결국 승리를 쟁취한 이서윤은 미소를 지었다.

*   *   *

고리에 걸린 경량화 마법 덕에 위해머를 찬 신혁돈이 차에 타도 차의 바퀴가 터지는 불상사는 일어나지 않았다.

속으로 이서윤에게 감사를 표한 윤태수가 핸들을 쥐며 말했다.

"어젯밤에 일 좀 했는데 재미있는 정보가 있었습니다."

"뭔데?"

"더 가드와 다섯 길드가 연합한 것을 수호자 연맹이라 부르고 있답니다. 그 중심에 더 가드가 있는데, 일을 아주 잘하고 있습니다. 한국에서 길드들을 연합해서 화이트 홀 제거하는 것은 물론이거니와 레드 홀과 오렌지 홀 등급의 홀들을 싹 정리해 버렸습니다. 그 윗 단계도 차츰차츰 정리하고 있고 말입니다."

윤태수의 말을 듣고 있던 백종화가 물었다.

"그래서 재미있는 부분이 어딘데?"

"올 마이티 아십니까? 범국가적 각성자 용병 연합 길드."

"알지."

"걔네도 비슷한 짓을 시작했습니다. 물론 걔네 특성상 수호자 연맹처럼 무료로 하는 것이 아니라 돈을 받고 하긴 하지만 중요한 게 있습니다. 그놈들이 아웃랜드를 건드리고 있답니다."

윤태수의 말이 끝난 순간 신혁돈의 고개가 팩 소리가 나게 돌아가며 윤태수의 얼굴을 보았다. 그는 야차와도 같은 흉악한 얼굴을 하고선 윤태수를 바라보고 있었다.

윤태수는 운전을 하고 있다는 사실을 잊은 듯 고개를 돌리곤 신혁돈을 보았고, 그때.

"앞!"

끼이익!

백종화의 외침에 전봇대를 들이받을 뻔한 것을 겨우 면한 윤태수는 차를 세운 뒤 신혁돈에게 물었다.

"무슨… 일입니까?"

심상치 않은 분위기에 백종화의 시선 또한 신혁돈에게로 향했고, 신혁돈은 짧게 손으로 얼굴을 쓸어 올린 뒤 입을 열었다.

*   *   *

아웃랜드.

각성자들이 건드릴 수 없을 정도로 강하거나, 많은 홀들이 생겨난 뒤 차원문이 붕괴되며 튀어나온 괴물들 때문에 인간이 살 수 없게 된 땅을 뜻하는 단어다.

대표적인 아웃랜드로는 아프리카와 남미, 그리고 러시아 극북부 지역이 있다.

'남미만 아니면 된다.'

신혁돈은 자신의 예상이 틀리길 바라며 물었다.

"어느 아웃랜드?"

"당연히 남미지 말입니다. 걔네 본사가 북미에 있는데."

신혁돈의 미간이 더욱 찌푸려졌다.

남미 아웃랜드 토벌 작전.

앞 글자를 따 SOS라 불리며 인류가 괴물에게 잃었던 땅을 최초로 수복해낸 토벌 작전으로써, 모르려야 모를 수가 없는 작전이다.

'말도 안 돼!'

10년 뒤에야 벌어져야 할 일이다.

지난 삶, 신혁돈이 사망하기 5년 전.

청동 거인 탈로스의 등장으로 인해 엄청난 피해를 입은 미국은 아웃랜드에 대한 경각심을 갖게 된다.

미국의 정부는 용병 단체나 다름없는 올마이티에게 아웃랜드 토벌 의뢰를 넣게 되고, 올마이티는 그를 수락한다.

올마이티는 아웃랜드 토벌을 기회 삼아 급성장을 이루려 했고, 결국 과반수가 넘는 길드원을 투입시키게 된다.

투입된 길드원들은 아웃랜드 외곽을 차례로 토벌하며 승승장구를 했고, 일주일 만에 아웃랜드의 삼분의 일을 토벌하는 것에 성공한다.

그리고 지옥은 그때부터 시작되었다.

아웃랜드의 지배자들이 나선 것이다.

10년의 세월 동안 서로를 잡아먹으며 성장한 괴물들은 상상 이상의 힘을 지니고 있었고 그들을 만난 토벌대는 전멸을 면치 못했다.

아웃랜드 바깥에 있는 인간들의 존재를 눈치챈 놈들은 아웃랜드 밖으로 관심을 돌리게 되고, 셀 수조차 없이 많은 수의 괴물이 북미를 향해 진격하게 되는 계기가 되는 것이다.

이런 결과 또한 수없이 시뮬레이션해 보았던 미국은 세계 1위의 군사력을 지닌 나라답게 어마어마한 군력을 쏟아부어 전선을 형성하는데 성공한다.

그것도 잠시. 현대 무기의 화력을 상회하는 방어력 혹은 스킬을 가진 괴물들이 등장하면서 전선이 밀리게 되고 미국은 결국 국토의 40%가량을 괴물들에게 빼앗기고 마는 참사를 겪고서야 괴물들의 침공을 막아낸다.

물론 완전히 몰아낸 것이 아닌 언제 터질 지 모르는 화약고를 품에 안은 채 살아가고 있는 것이나 마찬가지인 상황이 신혁돈이 죽을 때까지 계속되었다.

그뿐만 아니라 이 사건으로 인해 미국의 각성자 절반 이상이 죽거나 다쳤다.

사건은 거기서 끝나지 않았다.

세계경제의 중심인 미국이 휘청이자 연쇄적으로 세계 경제 전체가 흔들려 버렸고, 전 세계의 혼란이 찾아오는 시발점이 바로 SOS 작전이다.

그 당시를 회상한 신혁돈의 얼굴이 굳었다.

괴물들 때문이 아닌 인간들에 의한 지옥이 펼쳐졌었다. 대기업들이 줄줄이 도산하고, 도미노 작용으로 중소기업들 또한 무너져 내렸다.

궁지에 몰린 이들은 자살이라는 극단적인 선택지 대신 차원문으로 눈을 돌리기 시작했다.

'이것이었나……'

신혁돈 일행이 급성장을 이룬 이유가 있을 것이라 생각했다. 하지만 아웃랜드의 토벌일 것이라고는 상상도 하지 못했었기에 신혁돈은 멍한 눈으로 차창 밖을 바라보았다.

지금 수백, 수천의 각성자가 희생된다면 그레이트 화이트 홀은커녕 일반 화이트 홀도 막아낼 수 없을 것이고, 결국 인류는 무너지고 말 것이다.

윤태수와 백종화는 곁눈질로 신혁돈을 힐끔거리면서도 서로 시선을 교환했다.

'형님이 말 좀 걸어보십시오.'

'네가 해.'

신혁돈은 저렇게 굳은 얼굴을 하고 있던 때가 있었나 싶을 정도로 심각한 얼굴을 하고 있었다.

결국 윤태수가 헛기침을 짧게 한 뒤 물었다.

"무슨 일이십니까?"

"막아야 한다."

"…예?"

"무조건. 무슨 수를 써서라도, 미국 대통령의 모가지를 따서라도 막아야 해."

미국 대통령의 목은 무슨 수로 따지?

그게 중요한 게 아니다.

"도대체 무슨 일인지부터 좀 설명해 주십시오. 그래야 밑그림이라도 그려볼 거 아닙니까."

백종화의 차분한 대답에 윤태수가 고개를 끄덕이며 말을 재촉했다.

　신혁돈은 다시 한 번 얼굴을 쓸어내렸고 그의 이런 모습을 처음 보는 두 사내는 당황하다 못해 겁을 집어먹고 있었다.

　"남미 아웃랜드 토벌 작전. 일명 SOS라 불리는 작전으로, 미국 땅 반이 사라진다."

　생각했던 스케일을 훌쩍 뛰어넘는 이야기에 두 사람은 벙쩐 얼굴을 하고선 신혁돈을 바라보았고, 신혁돈은 두 사람이 아닌 창밖을 바라보며 말을 이었다.

　"아웃랜드를 방치해 둔 10년 동안 쌓인 괴물들은 서로를 잡아먹으며 성장했다. 개중 우두머리라 불리는 개체들은 어지간한 그레이트 화이트 홀에서 튀어나오는 괴물들보다 강했고……"

　10년?

　윤태수와 백종화가 의문을 품기도 전, 신혁돈의 말이 이어졌다.

　"SOS에 참가한 수백, 수천의 각성자를 전멸시킨 것으로도 모자라 괴물들은 북미로 진격했다. 그 뒤……"

　"형님, 말씀하시는데 죄송합니다만 10년은 무슨 소립니까? 차원문이 열린 지 이제 1년 하고 반 조금 안 됐지 말입니다."

　굳은 얼굴로 이야기를 하고 있던 신혁돈의 입이 그대로 벌어졌다.

"…뭐?"

"10년이라고 하시면서 과거형으로 말씀하시는 이유를 모르겠습니다만… 그놈들이 아무리 강해봤자 고르곤, 로스카란토의 자식들, 삼두사보다 강하겠습니까? 물론 올마이티 놈들만으로는 힘들지도 모르지만 우리 패러독스의 힘이라면 충분히 토벌 가능할 것 같은데 말입니다."

윤태수의 말이 이어질수록 신혁돈의 입은 점점 벌어졌고 종국에는 관자놀이를 망치로 얻어맞기라도 한 듯한 표정을 짓고 있었다.

"…형님?"

"그렇군."

"예?"

"네 말이 맞다. 차원문이 열린 지는 1년밖에 되지 않았지."

기회.

이것은 기회다.

지구에서 아웃랜드를 싹 밀어버릴 수 있는 기회!

신혁돈의 눈이 갑자기 반짝이자 윤태수는 의아한 얼굴로 그를 바라보았다.

"내가 생각을 잘못했다."

두 사람이 이해되지 않는다는 얼굴로 고개를 끄덕이자 신혁돈이 말을 이었다.

"아웃랜드 토벌, 우리도 참가한다."

"…예?"

신혁돈은 생각을 굳힌 듯 팔짱을 끼며 턱짓으로 핸들을 가리켰다.

궁금증에 머리가 터질 것 같았지만 신혁돈의 얼굴을 봐선 대답해 줄 것 같지 않았다.

윤태수는 답답하다는 표정으로 짧은 한숨을 토하곤 핸들을 쥐었다.

* * *

더 가드의 길드 마스터 사무실.

패러독스 삼인방을 맞이한 간수호와 조훈현은 '오' 하고 탄성을 뱉었다.

"길드복을 맞추신 겁니까?"

"잘 어울리십니다."

입에 발린 소리가 아닌 진심에서 우러난 말이었다.

검은 가죽으로 된 옷에서 느껴지는 에르그 에너지는 일반적인 아이템이 아님을 알려주는데다 외관 또한 훌륭했다.

"하하, 감사합니다."

윤태수가 넉살 좋게 웃으며 인사를 하자 조훈현이 소파를 가리키며 말했다.

"앉으시죠."

"예."

다섯 사람이 소파에 앉자 직원이 커피를 가져다주었고, 그 사이 간수호가 말했다.

"진실의 눈과 협력하고 계시다는 말을 들었습니다."

"누구한테 말입니까?"

"진실의 눈 길드 마스터가 찾아왔었습니다. 자신들의 길드원을 살리러 '시련'이라는 곳에 들어갔다 하더군요."

윤태수가 신혁돈의 눈치를 살폈다. 시련에 대해 이야기해도 되겠냐는 물음이었고, 신혁돈은 고개를 끄덕였다.

"예, 진실의 눈 길드원 둘을 구해달라는 의뢰를 받았었습니다. 어디까지 들으셨습니까?"

윤태수는 더 가드는 믿을 수 있는 존재라 생각하면서도 가진 정보를 먼저 공개하지 않기 위해 물었다.

그런 모습에 간수호가 쓰게 웃으며 답했다.

"태수 씨 같은 인재가 더 가드에도 있어야 하는 데 말입니다."

"수호 씨가 있지 않습니까."

서로의 얼굴에 금칠을 하던 둘은 조훈현이 헛기침을 하고서야 본론으로 돌아왔다.

"진실의 눈에서 패러독스와 함께하기로 했고, 더 가드는 패러독스와 함께하는 길드니 자신들과도 함께한다는, 뭐 친구의 친구는 친구다. 이런 느낌의 말이었습니다. 그리고 자신의 생각 없는 실수로 패러독스 길드원들이 위험에 처했으니 그들이 돌아올 때까지 더 가드를 돕겠다는 말을 했었습니다."

하긴 간수호가 너구리라면 헤르메스는 너구리를 잡아먹을 만한 구렁이다. 그런 양반이 생각 없이 이것저것 나불거렸을 리는 없었다.

고개를 끄덕인 윤태수가 말했다.

"그가 더 가드를 어떻게 도와줬습니까?"

"물질적 지원은 물론이거니와 각국의 각성자들을 파견해 화이트 홀 제거에 도움을 주었었습니다."

"그렇군요."

짤막한 대답에 천천히 고개를 끄덕인 간수호가 물었다.

"도대체 시련이라는 게 뭐기에 그렇게 강해지신 겁니까?"

더 강한 세력을 만들기 위해서는 더 가드를 믿어야 할 필요가 있었고, 이 부분에 대해서는 신혁돈과 이야기가 끝난 상황.

그렇기에 윤태수는 입을 열었다.

"마신 그리드에 대해서는 아십니까?"

"대충은 압니다."

윤태수는 천천히 마신과 마왕, 그리고 그들의 목적에 대해 설명했다. 그러자 더 가드의 두 사람은 멍한 얼굴이 되어 서로를 바라보곤 말했다.

"대충도 몰랐던 것 같군요. 아홉 마왕이 있고 11개의 시련이 있으며 그들을 다 잡아야 마신을 잡을 수 있다니……."

아홉 마왕을 전부 잡을 필요가 있는지는 모르겠지만 별다를 것은 없기에 굳이 토를 달진 않았다.

윤태수는 고개를 살짝 끄덕인 뒤 말했다.

"그리고 마왕에게 협력하는 인간 단체가 있습니다. 가장 대표적인 단체로는 텐구가 있었죠."

"텐구가 말입니까? 아, 그래서!"

두 사람이 감탄의 눈길로 신혁돈을 보는 사이 윤태수가 말을 이었다.

"문제는 고르곤에게 전멸을 당해버리는 바람에 제대로 된 정보를 얻지 못했었습니다. 이번 시련에서도 비슷한 정보를 얻긴 했지만… 정보 제공자가 갑자기 죽어버리는 바람에 같은 상황에 처했죠."

"갑자기 죽다뇨?"

"피를 토하더니 죽어버렸습니다."

"…마왕의 짓일까요?"

"그랬을 겁니다."

두 사람은 충격을 받은 듯 멍한 얼굴로 세 사람과 서로의 얼굴을 번갈아 보았다.

이런 지옥도가 펼쳐진 와중에 마왕을 돕는 인간이 있다니.

생각을 하던 조훈현이 물었다.

"궁금한 게 있습니다. 마왕들이 준 힘이라면 각성자들이 괴물을 잡아 얻는 에르그 에너지와 같은 거 아닙니까? 스킬 또한 그렇구요."

"맞습니다."

"그 힘으로 하는 건 어차피 괴물들을 잡고 차원석을 부수는 것일 텐데 마왕이 인간을 돕는 이유가 뭡니까?"

그의 물음에 가만히 있던 신혁돈이 입을 열었다.

"혼란의 조장."

모두의 시선이 그에게 집중되자 신혁돈이 말을 이었다.

"아이가투스의 힘을 받은 아엘로의 최후는 피를 토하고 죽는 것이었습니다. 인간 또한 다를 것 없지 않겠습니까? 그리고 굳이 목숨을 가지고 협박하지 않더라도 방법은 얼마든지 있습니다."

마왕의 힘으로 성장해 세를 일군 이들이다. 그들에게서 마왕의 힘을 빼앗아 버린다면?

그들은 아무것도 할 수 없게 된다.

강해지기 위해서, 다른 이들의 머리 위에 서기 위해 인간임에도 마왕의 편에 선 이들이다.

그들은 힘을 빼앗기지 않기 위해서라면 인간들의 등에 칼을 꽂는 행위도 서슴지 않을 것이 분명하다.

신혁돈의 말뜻을 이해한 이들이 천천히 고개를 끄덕였다.

"그럼 그들을 먼저 색출해 내야겠습니다. 혹시 예상하는 이들이 있으십니까?"

신혁돈은 고개를 저었다.

"아직은 없습니다만 색출해 낼 방법은 있습니다."

"그게 뭡니까?"

백종화와 윤태수 역시 처음 듣는 이야기였기에 신혁돈을 제외한 네 사람의 시선이 그의 입으로 향했다.

*   *   *

"가이아의 흉내를 내는 바쿠스라는 놈이 있습니다."

이야기를 들었기에 알고 있는 내용이다.

다시 꺼냈다면 그로 인해 할 말이 있다는 것. 네 사람이 마왕에 대한 이야기를 복기하는 동안 신혁돈이 말을 이었다.

"그놈이 가이아를 흉내 내는 이유는 간단합니다."

신혁돈의 말이 끝나는 순간 윤태수가 말했다.

"가이아를 따르는 인간들에게 혼란을 주기 위해서겠죠."

윤태수의 말이 맞다는 듯 고개를 끄덕인 신혁돈이 말을 이었다.

"그래서 역으로 생각해 봤습니다. 내가 바쿠스라면, 가이아를 따르지 못하게 혼란을 주는 이유가 무엇일까 하고 말입니다. 그러다 보니 그런 생각이 들었습니다. 가이아는 무조건적으로 인간을 위하고 있고, 마신 그리드를 물리치기 위해 노력하고 있다. 그리고 그 노력이 꽤나 빛을 발하고 있다는 겁니다."

그럴 듯한 가설에 네 사람의 고개가 끄덕여졌다.

"이걸 이용할 생각입니다."

윤태수가 무언가를 깨달은 듯 엄지와 중지를 딱 소리 나게 튕기며 말했다.

"기만 작전! 우리가 가이아를 안 믿고 있다는 듯 행동하면 누군가 접근하겠군요. 마왕을 따르는 놈들에게 패러독스는 눈엣가시나 마찬가질 겁니다. 그런 와중에 패러독스가 가이아를 믿지 않는 모습을 보인다면? 옳다구나 하고 미끼를 물 겁니다!"

깔끔한 정리에 신혁돈은 만족스러운 미소를 지었고, 나머지 세 사람은 생각에 잠긴 듯 천천히 고개를 끄덕이고 있었다.

윤태수는 자신의 생각을 정리하기 위해서인지 계속해서 말을 했다.

"그러기 위해서는 무대가 필요할 겁니다. 패러독스가 활약하면서도 다른 길드들 또한 참여하는 그런 무대."

백종화가 방점을 찍듯 툭 뱉었다.

"SOS."

"바로 그거죠!"

두 사람의 대화가 이해가 되지 않는지 간수호가 물었다.

"SOS가 뭡니까?"

"South America Outland Subjugation Operation. 한국

말로 하자면 남미 아웃랜드 토벌 작전입니다. 앞 글자를 따서 SOS라 부르는 작전이고, 올마이티가 주도하는 작전이죠."

그제야 알겠다는 듯 간수호와 조훈현이 고개를 끄덕였다.

"그거라면 알고 있습니다. 헌데 미국과 올마이티 합동해서 남미를 토벌할 것이라는 말만 있었지, 아직 아무런 계획도 없는 작전 아닙니까?"

조훈현의 물음에 윤태수는 알 수 없는 미소를 지으며 말했다.

"아뇨, SOS는 곧 실행될 작전이고 배신자들을 척결할 무대가 될 겁니다."

미소의 끝에 자신감이 걸리다 못해 뚝뚝 떨어지고 있었다.

"그 자신감의 출처는 도대체 어디입니까?"

윤태수와 백종화의 시선이 자연스레 신혁돈에게로 향했고 시선의 끝을 따라간 조훈현과 간수호는 피식 웃고야 말았다.

"패러독스 마스터한테서 나온 정보라면 신용할 수 있는, 아니, 신용해야 할 정보죠."

무언가 내려놓은 듯한 간수호의 목소리에 조훈현이 허허 웃으며 물었다.

"작전은 그럴 듯합니다. 저쪽의 생각을 미리 읽은 듯 움직이는 것도 마음에 들고, 패러독스가 우리에게 정보를 공유하고 함께 작전을 진행하는 것도 마음에 듭니다. 아직 뼈대도 세우지 않고 입으로 그린 큰 그림이 이렇게 완벽해 보이는 것도 처음입니다. 근데 딱 한 가지 걸리는 게 있습니다."

신혁돈은 그의 질문을 예상하기라도 한 듯 말했다.

"정보의 출처."

"예, 확신해도 됩니까?"

"확신하십시오."

신혁돈의 눈은 언제나 같다.

흔들림이 없고, 진중하며 깊다.

어떻게 보면 감정이 없는 인형의 눈알을 보는 듯하다. 헌데 그 사이로 언뜻 느껴지는 기운은 사람을 자신의 마음대로 조종하는 알 수 없는 마력이 있다.

"이거 무슨… 소년 만화 주인공들도 아니고, 자신감도 옳는 것 같습니다. 세 분이 그렇게 확신을 하고 계시니 제가 안 믿을 수도 없지 않습니까? 뭐, 지금까지 혁돈 씨 말대로 안 된 것도 없고. 허허."

조훈현은 이미 설득된 자신을 다시 설득하듯 홀로 읊조렸다.

말로만 그랬는데도 불구하고 큰 그림이 좋다.

어느새 조훈현의 심장이 쿵쾅거리고 뛰고 있었다.

아웃랜드의 토벌.

올마이티와 함께하는 작전이 되겠지만 패러독스가 참여한다면 작전을 주도하는 것은 패러독스와 그 뒤를 따르는 더 가드가 될 것이다.

그리고 이것은 다시 한 번 도약하는 발판, 아니, 날개가 될 것이 분명하다.

괴물이 차지한 땅, 아웃랜드를 토벌해 내고 인류의 터전을 되찾는 일.

성공하게 된다면 얻게 될 명예는 지금까지 해온 어떤 일과도 비교할 수 없을 만큼 클 것이다.

간수호 또한 같은 기분을 느끼고 있는지 쉴 새 없이 손가락을 꿈지럭거리고 있었다.

여기에 선을 긋고 색을 칠하면 정말 좋은 그림이 나올 것 같다는 생각이 드는 게 참 묘하다.

말 몇 마디로 사람의 심장을 들었다 놨다 하는 화술.

"세 분이 팀을 짜고 사기를 치고 다니면 대통령이라도 벗겨 먹을 수 있을 것 같습니다."

결론 아닌 결론에 사내들의 얼굴에 헛웃음이 스몄다.

윤태수는 어느새 차게 식은 커피를 한입에 털어 넣고서는 말했다.

"이야기가 길어질 것 같은데. 밥부터 먹죠. 여기 배달 음식 괜찮은 곳 있습니까?"

한순간 무거웠던 공기가 가시고 무엇을 먹을지에 대해 이야기한 뒤 음식을 시켰다.

곧 한식, 중식, 일식 양식이 고루 배달되었고 다섯 사내는 식사를 하며 밑그림을 그리기 시작했다.

*　　　　　*　　　　　*

　미국. 호텔 스위트룸 테라스.

　메트로폴리스의 야경이 한눈에 내려다보이는 테라스의 두 사내가 앉아 있었다.

　얼굴과 어울리지 않는 건장한 몸을 지닌 노인은 한 손에는 시가를, 한 손에는 위스키를 들고 있었고 그 앞에 앉은 중동계 사내는 노인을 바라보고 있었다.

　라쉬드가 이곳에 도착한 지도 30분이 지났다.

　그동안 노인은 시가를 피우고 위스키를 마실 뿐, 단 한마디의 말도 하지 않았다. 이대로 있다간 침묵의 무게에 깔려 죽을 것 같다는 생각이 든 라쉬드가 입을 연 순간.

　프로페서가 말했다.

　"신혁돈이 돌아왔다고."

　라쉬드는 하려던 말을 꿀꺽 삼키며 답했다.

　"…예."

　"두 번째 그레이트 화이트 홀 또한 처리했고."

　"그렇습니다."

　노인은 또다시 위스키를 마시고 시가를 태웠다. 어느새 잔이 비었고, 라쉬드가 그의 잔을 다시 채워주자 노인은 잔을 살짝 기울여 감사를 표한 뒤 말했다.

　"메이븐과 예르민은?"

프로페서의 물음에 라쉬드가 살짝 고개를 숙이며 답했다.

"메이븐은 이리저리 움직이며 정보를 캐고 있고, 에르민은 헤르메스를 쫓고 있습니다."

"자네의 계획과 다르지 않은가?"

원래 계획대로라면 메이븐이 신혁돈을 찾아가서 헛된 정보를 주어야 하고, 그것으로 인해 패러독스 안에 불화의 씨앗을 심었어야 한다.

헌데 패러독스가 두 달 동안 사라져 버렸다.

그 때문에 모든 계획이 무너졌다.

아무리 날고 기는 올마이티라지만 차원문 안에서 있었던 일까지는 알 수 없다. 그렇기에 두 달간 그들이 겪은 일은 알 수 없었고, 얼마나 강해졌는지도 알 수 없었다.

짐작만 가능할 뿐.

"그렇습니다."

"더 가드는 날로 세를 불리며 위상을 드높이고 있고, 패러독스 또한 마찬가지지. 그런 와중에 자네의 올마이티는 무엇을 하고 있었나?"

라쉬드는 대답하지 못했다. 아니, 애초에 대답을 바란 질문이 아니라 질책을 위한 말이기에 고개를 숙이는 수밖에 없었다.

"고개를 들게."

라쉬드가 고개를 들자 프로페서가 그의 눈을 바라보았다.

자글자글한 주름 속 시퍼렇게 빛나는 눈. 눈을 마주친 라쉬드는 마른침을 삼켰고, 프로페서가 입을 열었다.

"실망하진 않으셨네. 하지만 이번 일마저도 실수로 인해 그르친다면 많이 실망하시겠지. 자네가 그분이라도 그렇지 않겠나?"

그분.

이름을 부르는 것조차 불경스러운 일이라 여겨져 부를 수조차 없는 그분을 실망시킨다면 목이 날아가는 것만으로 끝나지 않을 것이다.

당장 프로페서만 하더라도 손가락 하나 움직이는 것으로 올마이티의 수장을 갈아치울 수 있다.

그들에게 올마이티는 체스판 위의 말, 그 이상도 이하도 아니다. 말이 고장 나서 자신의 마음대로 움직이지 않는다면 말을 치우고 다른 말을 두면 되는 것이다.

이런 사실을 누구보다 잘 알고 있는 라쉬드기에 침착히 고개를 끄덕이며 대답했다.

"맞습니다."

"나는 자네를 참으로 좋아하네. 그러니 더 이상의 실수를 범하는 우를 저지르지 말게나. 내가 믿는 자네의 면모를 보여 달라 이 말일세."

"예, 심려를 끼쳐드려 죄송합니다."

"그래."

말을 마친 프로페서는 라쉬드에게서 고개를 돌려 야경을 바라보았고, 라쉬드 또한 그의 시선을 따라 야경을 바라보았다.

"이 야경도 얼마 안 남았으니 많이 봐 두게나. 나야 이 나이 먹도록 질리도록 봤다지만 자네는 아니니."

"알겠습니다."

*　　　　*　　　　*

어느새 졌던 해가 다시 떠오를 무렵.

"그럼 마지막 논제군요. 범국가적 길드 연합은 무엇으로 하면 좋겠습니까?"

조훈현이 피곤이 가득한 목소리로 물었고, 여러 이름이 나왔다.

딱 이거다 싶은 이름들이 나오지 않자 조훈현이 말했다.

"그냥 더 가드로 가는 건 어떻습니까?"

"그렇게 날로 먹는 걸 좋아하니까 머리가 벗겨지지."

간수호의 일침에 조훈현이 눈을 부라리다가 다른 사람들이 있다는 것을 깨닫고 억지 미소를 지었다.

눈을 부라리며 입꼬리를 올린 미소가 한 얼굴에 모이자 우스꽝스러운 모습이 되었고, 자연스럽게 헛웃음이 났다.

그때 가만히 듣고 있던 백종화가 말했다.

"아이기스 어떻습니까? 무엇이든 막는 방패 아이기스."

"그건 이지스 아닙니까?"

"발음의 차이입니다."

"나쁘지 않은 것 같습니다."

"전 지금까지 나온 것들 중 가장 괜찮은 것 같은데요."

간수호와 윤태수가 동의하자 신혁돈 또한 고개를 끄덕였다. 그러자 조훈현이 아쉽다는 듯 입맛을 다시며 말했다.

"그럼 이름은 아이기스로 하겠습니다."

"그럽시다."

정오에 시작된 다섯 사내의 이야기는 해가 지고 다시 뜰 때쯤에야 끝이 났다.

이야기가 끝나자 피곤이 가득한 눈을 한 조훈현이 말했다.

"계획대로만 된다면 일거양득… 아니, 일거삼득, 사득이 되겠습니다."

그의 말에 윤태수가 장난 섞인 농담을 던졌다.

"말은 바로 합시다. 얻는 건 거의 다 더 가드가 얻고 있지 않습니까?"

"그건 그렇습니다만… 허허."

더 가드가 패러독스의 위상을 등에 업은 채 얻고 있는 것에 비해 해주고 있는 것은 없었다.

맞는 말이기에 뭐라 할 말이 없어진 조훈현은 마주 농담을 던졌다.

"돈이라면 더 가드를 살 만큼 넘치지 않으십니까?"

"많을수록 좋은 게 돈 아니겠습니까?"

실없는 농담이 길게 이어질 기미가 보이자 신혁돈이 두 사람의 대화를 끊으며 말했다.

"더 가드의 전력 보강을 해야 할 필요가 있습니다."

더 가드만 두고 보자면 세계 어디에 내놓아도 두각을 드러 낼 정도의 엘리트 집단이다.

문제는 그들에게 전력을 보강하라 말하는 이가 패러독스의 마스터라는 것.

"저희도 생각은 하고 있습니다만 쉽지가 않습니다."

각성자들이 강해지는 방법은 사냥으로 에르그 코어를 획득 하는 방법뿐이다.

사냥이란 항상 목숨을 걸어야 하는 일이고, 그만큼 힘들기 에 신혁돈 일행처럼 미친 듯이 사냥을 하는 이들은 드물다 못 해 없다고 단언할 수 있을 정도다.

차원문 하나를 가더라도 철저한 조사를 한 뒤 계획을 세우 고 가는 것이 일반적이기에 아무리 빨리 성장한다 한들 시간 이 걸릴 수밖에 없는 것이다.

신혁돈은 손가락으로 테이블을 톡톡 두들기더니 윤태수를 바라보고 말했다.

"시련에 집어넣으면 어떨 거 같냐?"

제5장

유비무환(有備無患)

"…예?"

윤태수에게 물은 것이었으나 대답한 것은 간수호였다.

신혁돈은 간수호에겐 시선조차 주지 않은 채 윤태수를 바라보고 있었고, 윤태수는 간수호를 힐끗 본 뒤 답했다.

"빠르게 강해지긴 하겠습니다만……"

굳이 뒷말은 하지 않았지만 그의 표정만 보더라도 알 수 있었다.

신혁돈은 들었지? 하는 눈으로 조훈현을 바라보았고, 조훈현은 입술을 깨물었다.

"무슨 의미인 줄은 알겠습니다. 언제까지 패러독스의 힘에만 기댈 순 없으니 저희 또한 빠르게 강해지긴 해야겠죠. 하지만 지금은 분배할 인원이 없습니다."

조훈현의 대답에 신혁돈이 어깨를 으쓱였다.

"선택은 더 가드의 몫입니다."

범국가적 길드 연합 아이기스가 출범된다면 수많은 길드가 모일 것이다. 개중에도 중추가 되는 더 가드가 다른 길드들보다 약한 전력을 지니고 있다면?

문제가 될 것이다.

그렇게 되지 않기 위해서라도 노력을 할 것이고, 신혁돈은 그것에 대한 방법을 제시할 뿐 굳이 손을 뻗어 도와줄 생각까진 없었다.

어느새 환해진 창밖으로 시선을 던진 신혁돈이 말했다.

"그럼 대화는 여기까지 합시다."

신혁돈의 말에 네 사람이 고개를 끄덕였다. 밑그림은 완성되었으니 이제는 붓을 들고 빈 공간을 그려 나갈 차례다.

*   *   *

그들이 만들 아이기스는 일반적인 길드 연합이 아니다.

'민간인을 보호하고 지구에서 차원문을 몰아낸다.'

더 가드와 같은 이념으로 설립할 것이기에 각성자들의 힘이 사사롭게 이용되는 것을 막을 것이다.

게다가 영리를 추구하지 않을 것이며 범지구적 안전을 추구할 것이다.

무엇보다 중요한 것은 월급제로 운영된다는 것.

수많은 이들의 반발이 있을 것이다.

각성자들이 목숨을 걸고 괴물을 사냥하는 이유 중 가장 큰 것은 누가 뭐라 해도 돈이다.

그것을 모두 연합에서 관리하겠다는 것은 공화주의나 다름이 없다.

물론 모든 정산 내역을 투명하게 공개하며 사냥을 나간 이들에겐 추가 수당이 있을 것이고, 그 액수 또한 적지 않을 것이다.

하지만 100 중 90을 가져가던 이들이 70~80을 가져가게 된다면 당연히 불만이 생길 수밖에 없다.

이것을 감수하는 가장 큰 이유.

'우리는 영리를 추구하는 것이 아닌, 지구를 수호하는 것을 목표로 한다.'

멋들어진 말이지만 정의를 위해 목숨을 거는 히어로들의 시대는 애진즉 사라졌다. 지금은 돈에 의해, 돈을 위해 목숨을 거는 시대.

그런 시대상을 역행하는 단체를 만들겠다는 것이다.

그것도 지구상에서 가장 핫한 두 단체가 모여서 말이다.

이런 식으로 아이기스를 운영하려는 이유는 간단하다.

본말전도의 오류를 범하지 않기 위해서였다.

돈을 위해 목숨을 거는 것이 아닌, 목숨을 걸고 다른 이들을 지키는 보상으로 돈을 지급받는 형태를 만들기 위해서.

별다를 것 없을 것 같지만 이것은 큰 차이다.

무엇을 위해 싸우는가.

여기서 무엇의 자리에 오는 단어에 의해 사람의 마음이 달라지게 마련이다.

가족을 위해, 친구를 위해, 사랑하는 이를 위해 싸우는 이와 오직 돈을 위해 싸우는 이가 맞붙는다면?

어느 쪽이 더욱 악착같이 싸우겠는가.

당연히 전자다.

자긍심과 자부심, 그런 마음가짐을 심어주기 위해 강수를 둔 것이다.

아지트로 돌아오는 차 안.

차가 신호에 걸리자 윤태수가 말했다.

"잘될지 모르겠습니다. 시스템상으로 따지자면 사냥에 나간 각성자들이 받는 돈의 5% 정도가 줄어듭니다. 액수로 치자면 큰 차이가 나지 않겠지만 아무래도 한 다리 건너 돈을 받는다는 것에 거부감을 느끼는 이들이 생길 테고… 불만이 쌓이면 폭발의 불씨가 될 텐데 말입니다."

윤태수의 걱정은 당연한 것이다. 그것을 이해하는 신혁돈이 덤덤히 말했다.

"그러니 더욱 크게 키워야지. 아이기스에 소속되어 있다는 걸 자랑스럽게 여길 수 있도록."

백종화가 천천히 고개를 끄덕이며 그의 말을 받았다.

"나도 형님 말에 동의한다. 황금만능주의에 찌든 세상이라지만 아이기스에 소속된 이들은 돈보다 중요한 게 있다는 것을 깨닫게 해주면 돼."

윤태수는 모르겠다는 듯 고개를 저었다.

아무리 깨끗이 관리한다 한들 어디선가는 물이 샐 수밖에 없다. 그런 이들을 전부 잡아다 족친다 한들 다시 물이 새지 말라는 법도 없고.

그렇게 한 번 새기 시작하면 불신이 생긴다.

불신은 불씨가 될 것이고, 쌓인 불만의 도화선을 빠르게 태울 것이다.

"…전 잘 모르겠습니다."

윤태수의 말에 신혁돈이 앞 유리 밖으로 시선을 던지며 이야기했다.

"잘될 거니까 네 팔이나 걱정해. 미국 갈 때까지 팔 못 만들면 안 데려간다."

"그러는 게 어디 있습니까."

"여기."

"……."

반박할 말이 없어 윤태수는 말을 돌렸다.

"더 가드와 함께하는 길드들이 과연 아이기스까지 함께해 주겠습니까?"

"목을 잡아다 물가까지 떠밀어 놨으면 물을 마시는 건 제 알아서 해야지."

동문서답이긴 한데 묘하게 말이 맞는다. 고개를 갸웃한 윤태수는 룸미러를 통해 백종화를 슥 본 뒤 말했다.

"종화 형님은 아이기스가 잘 운영될 거라 생각하십니까? 각성자들한테 월급을 준다는 방식이?"

"어떻게 보면 올마이티랑 다를 것 없어. 걔넨 용병들이라 소속감이 없지만 우린 하나에 소속되어 있다는 게 다르지."

"버는 돈도 다른 데 말입니다."

"돈 싫어하는 사람은 없다만, 오로지 돈만 보고 사는 사람도 없다."

윤태수는 '꽤 많습니다만.' 하고 대답하려다 말았다.

아이기스의 운영 방식에 대해 회의적인 입장이긴 했지만 결사반대를 하지 않은 이유가 있다.

기대감.

만약 제대로 운영되기만 한다면?

아이기스가 덩치를 키우고 이름 그대로 범국가적 길드 연합이 되어 인류를 수호하는 방패가 될 수만 있다면?

꿈과 같은 이야기긴 하지만 그렇게 되기만 한다면 정말 좋을 것 같았다. 그래서 윤태수는 동의했다.

이왕 꿈을 꿀 것이라면 큰 꿈을 꾸는 것도 나쁘진 않을 것 같았기 때문이다.

만약 윤태수 홀로 결정해야 했다면 절대로 동의하지 않았을 것이다. 아니, 어떻게든 바꾸기 위해 노력했겠지.

하지만 그의 옆에는 신혁돈이 있고 백종화가 있었다.

그 둘의 눈을 보고 있자니 어떻게든 될 것 같았다.

그것도 좋은 방향으로.

"에휴……."

짧은 한숨을 토해 가슴 깊은 곳에서부터 올라오는 회의적인 감정을 홀홀 털어버린 윤태수는 핸들을 꾹 쥐었다.

이미 화살을 쏘아졌고 남은 것은 과녁을 향해 정확히 날아가는지 지켜보는 것뿐이다.

어디서 어떻게 바람이 불지, 무엇이 나타날지는 그때가 되어봐야 알 수 있다.

*　　　　*　　　　*

아지트에 있던 이들은 하루가 지나서야 돌아온 이들을 붙잡고 무슨 이야기를 했는지 물었다.

백종화와 신혁돈은 피곤하다는 말을 남기고선 자리를 피해버렸고, 결국 막내인 윤태수가 홀로 남아 이야기해 주었다.

윤태수의 이야기가 끝나자 길드원들 또한 이해가 되지 않는 얼굴로 윤태수를 바라보았고 홍서현이 제일 먼저 물었다.

"그게 현실적으로 가능하다 생각한 거예요? 대한민국에서 가장 잘나가는 사람 다섯이 모여서?"

윤태수는 어깨를 으쓱이며 답했다.

"잘나가는 다섯 사람이니 앞으로의 일도 잘될 거니까요."

"…하."

다른 이들은 홍서현만큼 부정적인 입장을 보이진 않았지만 대체적으로 회의적인 반응이었다.

고준영만 빼고.

"전 굉장히 좋은 것 같은데 말입니다. 어쨌거나 제대로 굴러가기만 하면 말 그대로 지구를 수호하는 방패가 되는 거 아닙니까?"

모두의 시선이 그에게 집중되자 고준영은 상기된 얼굴로 말을 이었다.

"좀 뜬금없긴 한데 말입니다. 제가 미국에 부러워하는 게 딱 하나 있습니다. 바로 군인 대우해 주는 건데, 그 사람들은 어떤 군인이든 자랑스러워해 주고 고마워해 줍니다. 나 대신 나라를 지켜줘서 고맙다, 뭐 이런 느낌이죠."

고준영은 슬슬 시선이 부담스러운지 볼을 한 번 긁적이곤 말을 이었다.

"만약 아이기스가 제대로 되기만 한다면 아이기스의 소속

된 이들이 모두 그 군인 같은 기분을 느낄 수 있지 않겠습니까?"

고준영이 두서없이 말하긴 했지만 신혁돈이 말한 자긍심과 자부심이 바로 그것이었다.

그의 말에 홍서현이 무어라 말하려는 순간.

윤태수가 짝 하고 박수를 치려다 마주칠 손이 없다는 걸 깨닫고선 멋쩍은 미소를 지으며 말했다.

"어쨌거나 그렇게 결정되었습니다. 불만이 있는 건 이해하지만 이미 결정된 사안이고, 형님도 심사숙고 끝에 내린 결론이니 따라주시면 감사하겠습니다."

신혁돈의 이름이 나오자 대부분이 고개를 끄덕였다.

어차피 패러독스는 신혁돈의 결정에 의해 움직이는 길드나 다름없었고, 그에 의해 모인 사람들이었다.

홍서현은 마음에 들지 않는 듯 입술을 비죽였지만 별다른 말은 하지 않았다.

"그럼 전 이만."

말을 마친 윤태수가 일어서자 이서윤이 그를 불렀다.

"많이 피곤해요?"

"그 정도는 아닌데… 왜요?"

"잠깐 사이즈 좀 재려고요."

"뭐, 그러죠."

두 사람이 거실을 나서자 남은 이들은 각자의 일을 했다.

도시락은 멍 하니 앉아 TV를 보며 과자를 먹었고 그 옆에 앉은 안지혜와 김민희는 도시락이 귀여워 죽겠다는 듯한 얼굴을 하고 있었다.

세 떨거지는 아이기스에 대한 이야기를 나누었고 홍서현은 홀로 앉아 생각에 잠겼다.

그 모습을 보고 있던 이남정은 무언가를 결심한 듯 일어서서 신혁돈의 방으로 향했다.

똑똑,

"들어와."

이남정이 문을 열고 들어가자 씻고 온 것인지 물기가 아직 남아 있는 신혁돈이 말했다.

"가려고?"

앞뒤 없는 말에 이남정이 피식 웃고 말았다.

"어떻게 아셨습니까?"

"슬슬 타이밍이 됐지."

이남정은 허허 웃고서는 말했다.

"슬슬 관리국으로 돌아가 봐야 할 것 같습니다."

"개가 될 차례네."

이남정이 신혁돈을 붙잡을 때 했던 약속을 말하는 것이다.

당시의 이남정은 자신을 거두어 복수를 하게 해주면 관리국장의 자리에 올라 신혁돈의 개가 되겠다고 약속했다.

"국장 자리까지 얼마나 걸릴지는 모르겠습니다만, 약속은 꼭 지키겠습니다."

신혁돈은 천천히 고개를 끄덕인 뒤 그의 몸에 걸려 있는 아이템들을 가리키며 말했다.

"다 갚아라."

"…그동안 제가 보스 밑에서 일한 거 보수로 치면 이 정도는 되지 않겠습니까?"

신혁돈은 미소를 지었고, 이남정 또한 웃는 얼굴로 그와 눈을 맞추었다.

"언제든 도움이 필요하면 불러주십시오."

"내가? 네가 날 필요로 하는 게 더 현실성 있을 것 같은데."

"그것도 그렇긴 합니다."

이남정은 낄낄거리며 웃고선 신혁돈에게 손을 건넸다.

신혁돈이 건넨 손을 붙잡자 이남정이 말했다.

"감사했습니다. 보스와 함께한 몇 달은 평생 못 잊을 겁니다."

"그래."

"관리국에 있다가 정 성미에 안 맞으면 다시 오겠습니다."

"누가 받아준대?"

신혁돈다운 퉁명스러운 대답에 이남정은 쥔 손에 힘을 주었다.

"안 되면 따라다니죠 뭐. 어쨌거나 감사했습니다."

신혁돈 또한 쥔 손에 힘을 주었고, 두 사내는 손을 흔들었다.

"오늘 저녁에 술이나 한잔 괜찮겠습니까?"

"그래, 회식 한번 해야지."

신혁돈의 손을 놓은 이남정은 다시 한 번 감사하다는 말과 함께 고개를 숙여 인사했다.

그리곤 신혁돈의 방을 떠났다.

그가 떠나자 신혁돈은 침대에 앉아 그가 닫고 나간 방문을 보았다.

SOS 사건에 집중하느라 생각하지 못하고 있던 게 있다.

'한성 빌딩 사건.'

신혁돈의 행동으로 인해 미래가 변하고 있는 것은 분명하다. 그러니 한성 빌딩 사건 또한 변하게 될 것이다.

문제는 어떻게 변할 것인가.

미리 말을 해주어야 하는가?

그것으로 인해 변할 미래는 또 어떤 모습일까.

잠시 고민하던 신혁돈은 그대로 침대에 누워버렸다.

'태수한테 시켜야겠군.'

눈을 감은 신혁돈은 곧바로 잠에 들었다.

*   *   *

회식을 끝으로 이남정이 떠났다.

한 명, 한 명이 중요한 상황에 아쉬울 법도 했지만 패러독스와 더 가드가 한국을 떠나야 하는 상황에 믿을 만한 사람 하나가 한국에 남아 있어야 한다는 신혁돈의 말에 모두가 수긍했다.

아이기스가 창설되고 SOS 작전이 시작될 때까지는 마땅히 할 일이 없었기에 길드원들은 각자의 시간을 보냈다.

그사이, 신혁돈은 헤르메스에게 전화를 걸었다.

"돌아왔다."

─알고 있었어. 정리되면 연락할 거라고 생각하고 있어서 바로 연락 안 했었는데 서운하진 않지?

여전한 흰소리에 신혁돈은 자기 할 말로 답했다.

"오늘 오후에 와라."

신혁돈의 반응에 털털한 웃음을 터뜨린 헤르메스는 알았다 대답했고 네 시간 안에 한국으로 들어와 연락을 하기로 했다.

마음 같아서는 남는 시간 동안 아이가투스의 차원이 아닌 다른 마왕들의 차원에 들어가 시련을 클리어하고 싶었지만 그랬다가 또다시 아이가투스의 차원에 끌려갈 수도 있었기에 참았다.

"다섯 개의 태양을 지게 만들어라……."

여덟 번째 시련에 대한 단서를 읊조린 신혁돈은 창가에 앉아 있는 홍서현을 힐끗 본 뒤 그녀에게 다가갔다.

창가의 흔들의자에 앉아 책을 읽고 있던 홍서현은 신혁돈이 다가오자 책갈피를 끼우며 그를 바라보았다.

"여덟 번째 시련에 대해 말했던 것. 기억나나?"

"다섯 개의 태양 말이지? 지금 알아보고 있어."

홍서현은 대답과 함께 책을 들어 책등을 신혁돈에게 보여주었다.

―마야 신화의 이해와 기원에 담긴 철학, 그리고 진실에 대하여.

책의 제목은 내용을 함축하고 있어야 한다는 법칙을 완벽히 지킨 제목. 신혁돈은 책등을 훑은 뒤 그녀에게 말했다.

"건진 건?"

홍서현은 검지를 들어 잠시만 하는 제스처를 보낸 뒤 책의 접어둔 부분을 편 뒤 말했다.

"중미의 고대 부족들 중 '나우아어'라는 말을 사용하는 부족을 총칭하여 '나와틀'이라고 해. 아스텍 제국을 건설했던 아스텍족도 이들 중 하난데, 이들은 모두 공통된 신화를 가지고 있어. 마야 문명으로 유명한 키체족도 마찬가지지."

마야와 아즈텍은 들어본 적 있으나 나머지는 처음 듣는 정보였다. 신혁돈이 전혀 이해하지 못하겠다는 얼굴을 하고 있자 홍서현은 미간을 살짝 찌푸린 뒤 말했다.

"나와틀 신화에 따르면 세계는 네 번 멸망했었어. 그중 다섯 번째가 바로 우리가 살고 있는 현세지. 어쨌거나 결론만 말하자면 다섯 개의 태양은 다섯 번의 세상을 의미해. 각 태양은 하나의 시대를 말하는 거지."

조금은 이해가 되었다는 듯 신혁돈이 물었다.

"그럼 다섯 개의 태양을 지게 하기 위해서는 다섯 개의 세상을 무너뜨리라는 것인가?"

그의 물음에 홍서현이 어깨를 으쓱했다.

"그럴 수도 있지만 내 생각은 좀 달라. 각 시대마다 태양을 상징하는 것들이 있거든. 이를테면 최초의 세계는 거인이 살았던 흙의 태양 시대야. 네 마리 호랑이의 시대라고도 불리지. 이 시대를 지배하던 신은 '테스카틀리포카' 라는 신인데……."

그녀의 말이 길어지자 신혁돈이 손을 들어 말을 끊으며 말했다.

"내가 알아야 하는 부분인가?"

"그건 아니지."

"결론만."

홍서현은 입술을 비죽인 뒤 손가락으로 책의 구절을 쭉 그으며 말했다.

"다섯 태양을 상징하는 다섯 신이 있고, 그들을 숭배하던 종족들이 있어. 그들과 대립하던 존재들도 있고. 우리의 목표는 아마도 그 세계의 종족들과 신을 물리치는 게 아닐까 싶어."

허무맹랑하다 못해 어처구니가 없는 말에 신혁돈이 헛웃음을 흘렸다. 그러자 홍서현 또한 헛웃음을 흘리며 말을 이었다.

"말도 안 되지만 책이 그렇다고 하네."

다섯 개의 세계의 신을 물리쳐라?

얼마나 큰 세계가 있고, 또 그 세계를 돌아다니는 데 얼마나 많은 시간을 써야 하는지 상상조차 되지 않는다.

아무리 여덟 번째 시련이라지만 이 정도 스케일은 좀 너무한 것 아닌가?

이 정도라면 아홉 번째 시련은? 그 뒤의 시련은 도대체 무슨 짓을 해야 한다는 말인가?

"미쳤군."

"책의 내용대로 진행된다면 나도 그렇게 생각해. 하지만 아직 신화와 그들의 상관관계가 밝혀진 게 아니잖아."

홍서현의 말이 맞다.

신화의 신들과 괴물들이 출몰하고 있긴 하지만 그저 이름과 능력만 가져다 쓰고 있을 뿐, 그들이 신화 속에서 튀어나온 이들은 아니다.

아니, 아니라고 확신할 수 있을까?

점점 더 머릿속이 복잡해진다.

신혁돈은 머리를 휘휘 젓고선 말했다.

"더 알아보고 새로운 게 있으면 말해줘."

"그렇게."

두 사람이 대화를 나누는 사이 윤태수와 이서윤은 그녀의 연구실에 틀어박혀 있었다.

흰 테이블 위에는 윤태수의 잘린 팔이 올려져 있었고 윤태수는 심경이 복잡한 얼굴로 그 팔을 바라보고 있었다.

이서윤은 그 옆에 앉아 펜을 들고 무언가를 그리고 있었는데 굉장히 집중하는 얼굴이라 말을 걸 수도 없었다.

자신의 몸에서 떨어져 나간 팔과 눈싸움을 하던 윤태수는 결국 고개를 돌린 뒤 이서윤에게 말했다.

"서윤 씨 얼굴 구경하는 것도 재밌긴 합니다만, 제 잘린 팔과 한 공간에 있다는 게 굉장히 거북스러운데 말입니다."

"그래서요?"

"좀 치우면 안 됩니까?"

"안 돼요."

"그럼 지금 하고 있는 작업 끝나고 부르시면 안 됩니까?"

"안 돼요."

단호한 대답에 윤태수는 입술을 씹고선 이서윤의 얼굴을 바라보았다.

화장도 안 한 맨 얼굴인데, 피부가 새하얗다. 입술 색은 좀 없는 편인데 피부가 워낙 하얗다 보니 흠으로 보이진 않는다.

말총머리. 좋은 말로 포니테일로 묶은 머리는 어떻게 한 건지 한 올도 삐져나오지 않았다. 덕에 이마가 훤히 보였는데 살짝 흐트러진 잔머리들이 잔망스럽게 이리저리 흩어져 있다.

단단히 묶은 머리와 흩어진 잔머리들의 대조되는 모습이 묘한 매력을 자아낸다.

컵라면만 먹고 사는 것 같은데 몸매는 좋다. 컵라면만 먹고 살아서 그런가?

윤태수의 시선이 그녀의 얼굴을 떠나 빈 컵라면 용기 쪽으로 향했을 때.

이서윤이 볼펜을 탁 소리 나게 내려놓으며 말했다.

"뭘 그렇게 봐요?"

"몰라서 묻습니까?"

능글맞은 대답에 눈을 흘긴 이서윤은 손을 내밀며 말했다.

"손 줘봐요."

그러자 윤태수가 멀쩡한 왼손으로 그녀의 손을 쥐었다. 이서윤은 뜨거운 것이 닿기라도 한 듯 화들짝 손을 때며 말했다.

"그 손 말고!"

의뭉스러운 웃음을 지은 윤태수가 잘린 손을 내밀었고, 이서윤은 벌써 아문 단면을 만지며 말했다.

"아파요?"

"가끔 잘린 손이 여전히 달려 있는 것 같은 느낌이 들긴 합니다만, 아프진 않습니다."

"환상통, 헛통증이라고도 하는 건데 정상적인 거니까 걱정 안 해도 돼요."

위로인지 놀리는 건지 모를 말에 윤태수가 물었다.

"그게 뭡니까?"

이서윤은 지점토와 비슷한 흙덩이를 꺼내 단면에 발랐다. 윤태수가 훅 들어오는 차가운 느낌에 흠칫 떨 때쯤 이서윤이 대답했다.

"몸의 한 부위나 장기가 물리적으로 없는 상태임에도 있는 것처럼 느끼는 감각을 환상통이라 해요. 심한 환자들은 잘릴 때의 통증을 다시 느끼기도 한다는데, 그건 아닌 거 같으니 걱정 안 해도 된다 한 거예요."

확실히 위로는 아닌 것 같다는 결론을 내린 윤태수가 묘한 표정으로 고개를 끄덕였다.

어느새 지점토를 모두 붙인 이서윤은 움직이지 말라 말한 뒤 연구실 구석으로 걸어가며 말했다.

"이번에 간 차원의 차원지기가 셋이었잖아요?"

"하피가 셋이었으니 그렇게 볼 수도 있긴 하겠습니다만."

"그럼 차원지기의 심장도 세 개가 나왔나요?"

이서윤이 말을 꺼낸 목적은 차원지기의 심장이었다.

저번에 신혁돈이 준 차원지기의 심장은 두 달 동안의 연구로 거의 모든 에르그 에너지를 소모한 상태였기에 새로운 차원지기의 심장이 필요한 시점이었다.

"글쎄요."

윤태수는 살짝 고개를 들어 천장을 바라보며 생각에 잠겼다.

그때 차원지기의 심장이 나왔던가?

나왔다면 몰랐을 리가 없다. 그렇다면 안 나왔다는 건가? 어째서? 하피들이 차원지기가 아니었나?

거기까지 생각한 윤태수는 아, 하는 탄성과 함께 고개를 끄덕였고 그의 탄성을 들은 이서윤이 물었다.

"왜요?"

"차원지기의 심장은 없었습니다."

"아예 없었다구요? 그게 가능한가요?"

"순전히 제 추측이긴 합니다만, 이번에 우리가 갔던 차원의 주인은 로스카란토라는 커다란 지렁이였습니다. 즉, 하피들이 차원지기가 아니었으니 차원지기의 심장이 안 나온 거죠."

차원에 대해 제대로 아는 게 없으니 무어라 묻기도 힘들다. 윤태수 또한 제대로 아는 것이 없으니 서로 토론을 해봤자 바보들의 행진이 될 게 분명한 상황.

이서윤은 고개를 끄덕인 뒤 커다란 박스에서 하피의 창 두 개를 꺼내 윤태수의 앞에 놓았다.

"움직여 보세요."

자신의 말대로 날아다니는 창을 보던 이서윤은 고개를 끄덕이며 이것저것 쓰기 시작했고 곧 만족스러운 얼굴로 말했다.

"오늘은 여기까지. 이제 가보세요."

이서윤의 말에 윤태수는 테이블에 놓인 자신의 팔을 챙기려 했다. 그러자 이서윤이 그를 제지했다.

"그건 두고 가시고."

"…그럼 썩지 않을까요? 아무리 잘린 팔이라지만 썩기 전에 묻어주고 싶은데 말입니다."

"무슨 애완동물도 아니고… 이미 보존마법 걸어뒀으니까 안 썩어요. 걱정 말고 가요."

윤태수는 찜찜한 얼굴로 알겠다 대답한 뒤 그녀의 방을 나섰다.

*　　　　*　　　　*

거실로 나오자 신혁돈이 홀로 앉아 TV를 보고 있었다.

신혁돈은 이서윤이 만들어준 길드복이 마음에 드는 모양인지 잘 때를 빼곤 항상 입고 다녔다.

윤태수는 그의 옆에 앉으며 말을 건넸다.

"옷 마음에 드십니까?"

"그럭저럭."

"에이, 하루 종일 입고 다니시는 거 보면 굉장히 마음에 드시는 거 같은데 말입니다."

신혁돈은 대답도 하지 않은 채 TV를 보았다. 머쓱해진 윤태수는 TV를 향해 고개를 돌리다 문득 깨달았다.

'그러고 보니 이 양반. 이거 입기 전에도 줄곧 트레이닝복만 입고 다녔었지.'

트레이닝복이 좋아서 입은 것은 아닐 테니 귀찮거나 옷에 대한 개념이 '몸을 가리는 것' 수준에 머물러 있는 것이 분명했다.

가만히 TV를 보고 있던 차, 신혁돈의 고개가 창문 쪽으로 향했다.

윤태수 또한 덩달아 고개를 돌리자 신혁돈이 말했다.

"불청객이다."

신혁돈의 무덤덤한 목소리에 윤태수는 온몸의 신경이 곤두서는 것을 느꼈다.

불청객이라니. 텐구 때의 악몽이 다시 시작되는 건가?

자신의 감각으로는 누가 왔는지 무슨 일인지조차 알 수 없었다. 윤태수는 잔뜩 긴장한 목소리로 창문을 바라보며 물었다.

"적입니까?"

당장 달려가야 하나? 다른 사람들은 어디 있지? 윤태수가 에르그 에너지를 천천히 끌어 올리며 고르곤의 흉갑을 발동시키기 직전.

그의 예상과는 정 반대되는 대답이 나왔다.

"가서 문 열어줘라."

그때.

띵동.

차임벨 소리가 들렸고 윤태수의 얼굴이 일그러졌다.

무슨 불청객이 벨을 누르고 들어와?

의문과 의심, 불안과 짜증을 얼굴 가득 채운 윤태수가 거실을 나서 문을 향해 걸어 나갔다.

*   *   *

문을 열기 전. 잠깐의 심호흡으로 호흡을 다스린 뒤 문고리를 돌렸다.

"…메이븐?"

생강과 비슷한 붉은 머리와 갈라진 턱이 인상적인 사내, 메이븐이 거대한 철문 사이에서 손을 흔들고 있었다.

멀쩡한 정장 차림에 무기도 없는 것을 확인한 윤태수는 짧은 한숨을 토했다.

보통 불청객이라 하면 초대하지 않은 손님이 아닌, 달갑지 않는 사람. 즉 적을 의미하게 마련이다.

하지만 신혁돈은 단어의 뜻 그대로 초대하지 않은 손님을 불청객이라 칭한 것이었다.

맞는 말이라 더 짜증이 난 윤태수는 고개를 휘휘 저어 기분을 털어버린 뒤 메이븐에게 마주 손을 흔들어주었다.

그리곤 깨달았다.

저 양반은 영어와 일본어에 능하지만 한국어는 할 줄 모른다. 윤태수는 영어를 할 줄 모르고.

윤태수는 최대한 어색하지 않게 미소를 유지하며 헬로 하고 인사를 한 뒤 몸짓으로 안으로 들어오라는 신호를 보냈다.

메이븐은 윤태수의 뒤를 따라오며 무어라 무어라 말했지만 윤태수는 알아들을 수 없었고, 하하 하는 웃음으로 때우며 그를 거실로 안내했다.

그사이 신혁돈이 데려온 것인지 홍서현이 거실에 앉아 있다 일어서며 두 사람을 맞이했고, 신혁돈 또한 메이븐과 인사를 나누었다.

"오랜만입니다. 혁돈 씨."

신혁돈은 고개를 끄덕이는 것으로 인사를 대신한 뒤 말했다.

"무슨 일입니까?"

홍서현 또한 호기심이 동했는지 두 사람 사이에 앉아 통역을 하면서 눈을 빛냈다.

올마이티의 일본 지부장인 메이븐. 그가 한국까지 넘어와 패러독스의 아지트를 찾아올 이유가 무엇일까?

메이븐은 대답하기 전, 거실을 한 번 살핀 뒤 말했다.

"좋은 집이네요. 이야기가 길어질 것 같아서 그런데······."

메이븐은 의도적으로 말꼬리를 흐렸다.

마실 것을 달라는 것을 에둘러 표현하는 것이었다. 의중을 눈치챈 신혁돈이 윤태수에게 턱짓을 하자 윤태수는 주변을 둘러보았다.

신혁돈과 홍서현. 그리고 자신. 셋밖에 없는 거실에서 마실 것을 가져올 사람은 자신뿐이다.

'내가 이 짬에……'

윤태수는 어쩔 수 없이 자리에서 일어서서 마실 것을 가지러 가자 신혁돈의 시선이 메이븐에게로 고정되었다.

아이기스 창설까지는 아직 시간이 남아 있다. 인사이동, 혹은 부서 신설 등 내부 조정을 할 것이 많이 남았기 때문이다.

즉 아이기스 창설에 대해 알고 온 것은 아니다.

그렇다고 패러독스가 SOS 작전에 참여하려 하는 것을 알고 찾아온 것도 아닐 것이다.

그럼 이곳에 찾아올 이유가 없다.

머리를 굴리던 신혁돈은 결국 평소 하던 그 방식대로 물었다.

"무슨 일로 왔습니까?"

메이븐은 커피를 타오는 윤태수에게 감사를 표한 뒤 커피를 한 모금 마시며 말했다.

"궁금한 것도 있고, 말씀드릴 것도 있습니다."

"개인적으로?"

"둘 답니다."

올마이티의 용무도 있다는 뜻이다.

신혁돈은 코로 긴 숨을 내쉬며 소파에 기댔고, 메이븐은 보일 듯 말 듯한 미소를 지었다.

'구렁이 같은 놈이군.'

자기가 아쉬우니 이곳까지 찾아온 것이 분명한데 절대 주도권을 넘겨주려 하지 않고 상대가 먼저 묻길 원한다.

이런 놈들이 제일 귀찮다.

가진 패가 좋으니 배짱을 부리는 건데, 그 패를 보여주기도 전에 상대의 패를 다 보길 원한다.

신혁돈이 말이 없자 메이븐 또한 별말 없이 커피를 마셨고, 그 사이로 어색한 공기가 내려앉았다.

보이지 않는 기 싸움 속, 홍서현은 윤태수를 바라보며 물었다.

"말코, 이놈 뭐하는 거임?"

해괴한 말투에 미간을 찌푸렸던 윤태수는 홍서현의 진지한 표정을 보고선 깨달았다.

'메이븐이 한국어를 알아들을 수도 있다고 생각하는 건가.'

짧은 단어나 쉬운 문장은 알아들을 수 있으니 해괴한 말투를 쓰는 것이다.

그나저나 말코라니.

헛웃음을 흘린 윤태수는 잠깐의 고민 끝에 답했다.

"님 선제시오, 하는 거지."

센스 있는 대답에 홍서현 또한 미소를 지었다.

"맷돌 굴린다는 뜻?"

"그렇지."

두 사람의 대화를 듣고 있던 메이븐은 무슨 소린가 하는 얼굴로 홍서현을 바라보았고, 홍서현은 그저 짧게 미소를 지어주며 '개인적인 이야기'라고 답했다.

둘의 대화를 듣고 있던 신혁돈이 입을 열었다.

"말코 코 좀 비틀어라."

둘의 대화 방식이 괜찮다 생각했는지 신혁돈 또한 한글에 익숙하지 않은 사람이라면 절대 이해할 수 없는 말투로 이야기했고, 메이븐의 표정은 점점 굳어갔다.

윤태수는 천천히 고개를 끄덕인 뒤 물었다.

"어케?"

"똥줄 바짝 타게."

"콜."

마지막 단어는 알아들은 것인지 메이븐이 윤태수를 바라보았고, 윤태수는 그의 시선이 느껴지지 않는다는 듯 커피를 홀짝였다.

그리곤 홍서현을 바라보며 사뭇 진지한 표정을 짓고는 천천히 입을 열었다.

"김수한무 거북이와 두루미. 삼천갑자 동방삭……."

홍서현은 순간 웃음이 터질 뻔했지만 꾹 참고선 똑같이 진지한 표정을 지었다. 그리곤 이름 하나가 끝날 때마다 천천히 고개를 끄덕이며 신혁돈을 바라보는 등 나름의 연기를 펼쳤다.

신혁돈은 원래 표정이 없는지라 팔짱을 끼고 앉아 있는 것만으로 사뭇 진지한 분위기가 연출되고 있었다.

윤태수의 입에서 바둑이와 돌돌이가 나올 때쯤.

"좋습니다."

메이븐의 입에서 항복 선언이 나왔다. 그는 담배를 피워도 되냐 묻고선 담배를 꺼내 물며 말했다.

"일단 사안이 사안인지라 제가 조금 경솔했던 것 같습니다."

메이븐은 신혁돈을 보고 말했지만 대답은 윤태수 쪽에서 나왔다.

"뭐 편하실 때 말씀하십시오. 시간 많습니다."

메이븐은 윤태수를 한 번 바라본 뒤 신혁돈을 힐끗 보았다.

이것 또한 주도권 싸움의 연장이다.

우두머리인 신혁돈이 아닌, 윤태수가 대답을 한다는 것 자체가 넌 나보다 급이 낮으니 나와 대화할 자격이 없다고 말하는 것이나 마찬가지인 행동.

'보통이 아니다.'

이런 주도권 싸움은 누군가 가르쳐 준다고 익힐 수 있는 것이 아니다. 수없이 많은 경험을 쌓아야 자연스럽게 우러나는 것.

메이븐은 신혁돈에게서 시선을 뗀 뒤 윤태수를 바라보며 말했다.

"일단 공적인 것부터 해결하겠습니다. 저희 올마이티에서 작전 하나를 준비 중입니다."

그의 말이 끝나는 순간.

윤태수가 신혁돈에게 눈치를 보냈다.

'어디까지 말하냐'는 물음이었고 신혁돈은 고개를 살짝 끄덕이는 것만으로 '전부'라 답했다.

그 시선을 확인한 메이븐이 물으려는 때. 윤태수가 선수를 쳤다.

"SOS 말입니까?"

그리고 그의 입에서 SOS라는 단어가 나온 순간. 메이븐의 가면과도 같던 얼굴이 처음으로 무너지며 당황한 표정이 드러났다.

"그걸 어떻게?"

혼잣말 같은 말을 홍서현이 통역해 주자 윤태수는 그저 웃는 것으로 대답을 대신했다.

올마이티 간부 회의를 통해 작전명이 정해진 것이 오늘 아침이고, 패러독스를 끌어들이라는 지령을 받은 것이 3시간 전이다.

그런데 작전 이름을 알고 있다?

이 무슨 말도 되지 않는 정보력이란 말인가.

메이븐은 담배 연기를 한 모금 깊게 들이킨 뒤 종이컵에 비벼 껐다.

일련의 동작으로 원래의 가면 같은 얼굴을 되찾은 메이븐이 말을 이었다.

"알고 계시다면 말씀드리기 편하겠군요. 저희 올마이티는 SOS에 패러독스가 함께해 주시길 바라고 있습니다. SOS는 남미 아웃랜드……."

SOS가 무엇인지 설명하려던 메이븐은 말꼬리를 흐렸다.

작전명까지 알고 있는 사람들에게 작전 내용을 설명하는 것이 바보같이 느껴졌기 때문이다. 메이븐이 말을 줄이자 윤태수가 곧바로 답했다.

"그러죠."

"예?"

예상치도 못한 수락. 돈을 얼마를 주든, 무슨 조건을 걸든 간에 데려오라는 명령이 있긴 했지만 메이븐은 불가능한 계약이라 생각했다.

패러독스가 뭐가 아까워서 돈을 받고 올마이티와 함께 일한단 말인가?

벌써 두 개의 그레이트 화이트 홀을 처리했고, 수많은 화이트 홀을 제거한 이들이다.

올마이티와 함께 일하면서 누군가의 통제를 들을 바에 홀로 아웃랜드를 들어가는 게 어울리는 이들이 바로 패러독스다.

헌데 수락하다니.

다시 한 번 메이븐의 가면이 깨졌다.

메이븐이 당황하는 사이 윤태수가 말했다.

"같이합시다."

"아, 예."

메이븐은 아직까지 멍한 얼굴로 서류 가방에서 두툼한 서류철을 꺼내 테이블에 올려두었다.

그리곤 마른세수를 하듯 얼굴을 한 번 쓸어 올린 뒤 말했다.

"올마이티가 패러독스를 용병으로 고용한다는 내용의 계약서입니다. 일단 첫 페이지를 펴면……."

그가 첫 페이지를 펴려 손을 뻗자 윤태수가 계약서를 자신의 앞으로 슥 당겼다.

그리곤 서류 위에 손을 얹으며 말했다.

"계약 이야기는 나중에. 일단 남은 이야기부터 들읍시다."

털이 북실북실한 메이븐의 손이 아무것도 없는 테이블 위에 놓였다.

'…완벽히 졌군.'

주도권 싸움이고 계약이고 뭐고, 전부 졌다. 이대로 끌려가면 패러독스, 아니, 윤태수가 원하는 대로 쭉 끌려가다가 알고 있는 모든 것을 토해낼 것 같은 기분이 들었다.

'이렇게 영리한 사람들이었나?'

어떻게든 주도권의 반이라도 가져와야 한다.

그는 자신이 들고 있는 가장 강한 패를 내놓기로 결심했고, 그의 눈빛이 변한 것을 본 윤태수가 그의 입을 바라본 순간 메이븐이 말했다.

"인류의 급증, 자연 파괴, 오존층 파괴 등등으로 지구가 죽어가고 있다는 건 들어보셨습니까?"

뜬금없는 말에 홍서현이 의아한 얼굴로 통역을 했고, 윤태수 또한 의아한 얼굴로 고개를 끄덕였다.

"들어본 적은 있습니다."

"이 모든 것은 인재입니다. 지구에 인간이 나타나면서부터 지구가 병들기 시작했다고 한들 과언이 아니니 말입니다. 어떤 과학자들의 말에 따르면, 지구에 인류가 나타나기 전의 자연 상태로 돌아가기 위해서는 몇 십억 년이 걸릴 수도 있다고 합니다."

메이븐은 라쉬드에게 들었던 말을 그대로 전했다. 그러면서도 세 사람의 표정을 계속해서 살폈다.

홍서현이 통역을 하고 두 사람이 알아들은 것 같자 메이븐이 말을 이었다.

"가이아, 지구의 신, 시스템을 만든 장본인. 그녀가 지구를 멸망시키려 한다는 말이 있습니다."

가이아의 사제 앞에서 할 소린가. 하는 얼굴의 윤태수가 홍서현의 눈치를 살핀 뒤 메이븐을 바라보았다.

그는 홍서현이 가이아의 사제라는 것을 모르는지 심각한 표정으로 말을 이었다.

"즉 차원문을 가이아가 열고 있는 것이라는 주장을 하고 있는 이들이 있습니다."

윤태수는 천천히 고개를 끄덕이다가 홍서현에게 물었다.

"주장을 하고 있는 이들이 있다'는 겁니까? 아니면 지가 주장을 한다는 겁니까?"

"전자예요."

"그럼 저놈도 누군가에게 속고 있다는 결론인데."

만약 메이븐이 두 달만 일찍 찾아왔더라면 신혁돈 일행 중 한둘쯤은 현혹시킬 수도 있었을 것이었다.

하지만 신혁돈은 일행은 저번 차원에서 아엘로를 만나 '가이아의 흉내를 내는 마왕이 있다'라는 확답을 들은 상태.

갑자기 한국어로 대화를 시작하자 메이븐은 자신의 이야기가 통하고 있다는 생각에 자신감이 차오르는지 예의 그 미소를 지었다.

이제 저들이 할 질문은 '가이아가 왜 그런 짓을 하겠습니까?' 하는 질문이다.

그리고 그 질문을 던진 순간 주도권은 자신의 것이 된다.

메이븐의 시선이 윤태수에게로 향한 순간.

윤태수가 말했다.

"그거, 정보의 출처가 어딥니까?"

메이븐은 빨리 통역하라는 듯 홍서현을 바라보았고 홍서현
이 번역한 순간.

메이븐의 미간이 찌푸려졌다.

*   *   *

메이븐이 예상한 것과 정반대의 방향으로 질문이 튀었다.
그는 천천히 세 사람의 얼굴을 살핀 뒤 답했다.

"말씀드리자면 못 드릴 것은 없습니다만… 이야기의 출처를
묻는 의도를 알아야겠습니다."

윤태수의 시선이 다시 한 번 신혁돈에게로 향했다. 그의 시
선을 받은 신혁돈은 귀찮다는 듯 미간을 찌푸렸고 윤태수는
입꼬리를 씰룩였다.

어디까지 말해도 되냐는 물음이었고 신혁돈은 너 알아서
하라는 신호를 보낸 것이다.

무언의 대화를 지켜보던 메이븐의 얼굴에 물음표가 설 때
쯤 윤태수가 말했다.

"메이븐은 신을 믿습니까?"

또다시 방향을 잃은 질문. 하지만 아까와는 다른, 의도를 알 수 있는 질문이었기에 메이븐은 곧바로 답했다.

"있다곤 생각합니다만, 특정 짓진 않습니다."

"그럼 가이아의 존재는 어떻습니까?"

"아직 모르겠습니다."

윤태수는 원하는 대답을 들었다는 듯 허리를 곧게 세우며 말을 받았다.

"그겁니다. 메이븐은 자신이 하는 말에 대한 확신이 없었죠. 그렇다는 것은 누군가가 메이븐에게 그런 정보를 주었다는 겁니다. 저희에게 잘못된 정보가 전해지도록 말입니다."

잘못된 정보?

자신의 말이 틀렸다는 것인가?

윤태수는 의심스러운 눈빛을 띄고 있긴 했지만 그것은 '가이아에 대한 믿음'에 대한 의심이 아닌, 자신에 대한 의심이었다.

'내가 모르는 무언가가 있다.'

라쉬드와 패러독스 사이에 복잡한 무언가가 있고 자신은 그 사이에서 길을 잃고 말았다.

메이븐의 머릿속에 가장 먼저 떠오른 단어는 '왜?'였다.

라쉬드가 왜 이런 짓을 벌인 것인가.

다음은 패러독스에게 가이아에 관한 잘못된 정보를 전해

얻을 수 있는 이득의 종류.

머릿속이 복잡해졌다.

메이븐의 눈에 생각이 차오르는 것을 본 윤태수는 테이블을 톡톡 두들겨 그의 귀를 집중시킨 뒤 말했다.

"말했다시피 우리는 메이븐이 말한 정보가 잘못된 것이고 그것이 우리를 와해, 혹은 음해하기 위한 수작임을 듣는 순간 알 수 있었습니다. 그래서 묻는 겁니다. 출처가 어딥니까?"

말이 끝나는 순간.

메이븐은 누군가 무거운 돌을 양 어깨에 올려놓기라도 한 듯 묵직해진 분위기를 느낄 수 있었다.

꿀꺽.

'까딱했다간 여기서 뼈를 묻겠구나.'

그와 동시에 다른 생각이 들었다.

'전령의 역할……'

라쉬드가 그리던 그림.

그 안에서 메이븐은 말만 전하고 죽어도 되는 전령 이상도 이하도 아니었던 것이다.

두 달 동안 가이아에 관한 정보를 모으고 이 정보로 패러독스에 어떤 영향을 끼칠 수 있을지 그것으로 창출할 수 있는 것이 무엇이 있는지에 미친 듯이 매달렸던 자신에게 자괴감이 들었다.

용병으로 시작해 각성을 하고 올마이티에 들어와 일본 지부의 지부장 자리까지 올랐음에도 라쉬드의 위치에 있는 이에겐 한 번 쓰고 버리는 말에 불과했던 것이다.

메이븐이 입술을 깨물었다.

"…잠깐만 시간을 주십시오."

"그러죠."

허리를 곧게 펴고 있던 윤태수가 소파에 몸을 묻었고 메이븐은 길게 숨을 몰아쉰 뒤 손으로 눈을 감쌌다.

'어떻게 해야 하지?'

돈에 움직이는 용병 집단에 충성심을 가졌던 것부터가 문제였다. 메이븐은 그대로 눈을 문질렀다.

과거의 실수는 되돌릴 수 없다. 그렇다면 앞으로 살아남을 길을 모색해야 한다.

지금 자신의 입장을 객관적으로 보자면 거짓 정보로 적을 혼란시키려다 붙잡힌 첩자의 입장이다.

모든 것을 말한 뒤 저들이 자신을 살려주길 기대한다?

방금까지 자신의 상관을 믿다가 뒤통수를 맞았는데 또 누구를 믿는단 말인가.

믿을 수 있는 건 자신뿐이다.

그렇다면.

일단 라쉬드를 판다.

마음을 굳힌 메이븐의 입이 열렸다.

"라쉬드. 올마이티 길드의 장. 라쉬드가 저에게 말했었습니다."

윤태수가 계속하라는 듯 고개를 끄덕이자 메이븐이 말을 이었다.

"고르곤 사건 이후, 라쉬드가 저를 찾아와 방금 제가 했던 말을 저에게 했었습니다."

그때 신혁돈이 메이븐의 말을 끊고 말했다.

"그 부분, 자세히."

통역을 들은 메이븐이 그 당시의 상황을 자세히 설명했다.

가이아가 악신이며 인류를 말살시키기 위한 역할극을 하고 있다는 내용의 이야기가 끝나자 윤태수가 허탈한 웃음을 지었다.

이해하지 못한 메이븐이 눈동자를 굴리자 윤태수가 말했다.

"이거 너무 쉽게 잡은 거 아닙니까?"

"그러게."

마왕의 편에 선 인간을 잡자고 생각하자마자 정보가 쏟아진다. 너무 쉽게 풀리는 상황에 오히려 의심이 들 만한 상황.

윤태수는 고개를 돌려 메이븐에게 물었다.

"일단 정보를 제공해 준 건 감사합니다. 그런데 한 가지 의문이 남는군요. 우리에게 이 정보를 알려준 이유가 뭡니까?"

이 질문의 대답에 따라 자신의 처지가 결정될 것이다.

메이븐은 메마른 입술에 침을 바른 뒤 천천히 입을 열었다.

"이왕 이렇게 된 것, 솔직히 말씀드리겠습니다. 첫째는 당신들을 어떻게든 이용해 보려는 생각이 컸습니다. 패러독스의 행보에 어떻게든 영향력을 행사할 수만 있다면 굉장한 이득을 볼 수 있으니까요."

그의 말대로 솔직한 대답에 모두가 고개를 끄덕이며 두 번째 이유를 기다렸다.

"둘째는… 개인적인 호기심이었습니다. 제가 생각하기에, 그리고 라쉬드가 생각하기에 가이아와 가장 가까운 이들이 바로 패러독스입니다. 그런 이들이 과연 가이아의 정체에 대해 알고 있을 것인지. 만약 알고 있다면 그들의 행보는 어떻게 된 것인지에 관한… 그런 궁금증의 말로였습니다."

첫 번째 이유보다 신빙성이 떨어지긴 하지만 충분히 인간적인 이유고 납득할 만하긴 하다.

문제는 이것이 라쉬드의 계략인지 진실인지를 확인할 방도가 없다는 것.

메이븐은 말이 끝나자 판사의 결정을 기다리는 죄수처럼 고개를 숙인 뒤 두 손을 모아 쥐었다.

신혁돈은 그의 정수리를 바라보며 말했다.

"믿을 수 있나?"

"말투나 반응을 보면 라쉬드에게 당한 것 같긴 합니다만. 일단 조금 더 생각해 볼 필요가 있습니다. 가장 깔끔한 건……"

윤태수는 신혁돈에게서 시선을 뗀 뒤 메이븐의 정수리를 힐끗 보며 말을 이었다.

"당장 치우는 거겠지만 그랬다간 뒷감당이 만만치 않을 테니 말입니다. 그리고 어찌어찌 잘 이용하면 라쉬드한테 거짓 정보를 줄 수 있을 것 같기도 하고 말입니다."

상대의 전략을 역으로 이용하자는 것이었다.

그러자니 메이븐이 들은 정보가 너무 많다.

신혁돈은 여전히 메이븐에게 시선을 고정한 채 말했다.

"밑그림 나와?"

"나오긴 합니다만… 흠."

뒷말을 흐린 윤태수가 아예 눈을 감은 채 소파에 기대 버렸다. 생각할 시간이 더 필요하다는 제스처에 신혁돈은 홍서현에게 말했다.

"담배나 피우라 그래."

홍서현은 그대로 전했고 그제야 메이븐이 고개를 들었다.

마지막 담배인가?

아니면 생존의 불씨인가.

메이븐이 흔들리는 눈으로 담뱃불을 붙이고 첫 모금을 뱉었을 때.

윤태수가 눈을 떴다.

"나왔습니다. 라쉬드가 무슨 지랄을 해도 우리가 손해 볼 일은 없을 것 같습… 아니, 없습니다. 만약 그 윗선에 있는 마왕이나 누군가 움직인다면 모르겠지만 그들의 움직임을 이끌어내는 것만 해도 충분히 이득이라 생각됩니다. 결론은 한번 해보자는 겁니다."

신혁돈은 가볍게 고개를 끄덕였다.

허락이 떨어지자 윤태수의 시선이 메이븐에게로 향했고 메이븐은 담배를 한 모금 깊게 핀 후 종이컵에 비벼 껐다.

"말씀하시죠."

"여기서 듣고 본 일들. 그대로 라쉬드에게 보고하십시오."

의외의 말.

거짓된 보고를 시킬 것이라 생각했던 메이븐에 눈에 의문이 떠오르자 윤태수가 씨익 웃었고 메이븐은 왜인지 불길한 느낌에 모골이 송연해졌다.

"그냥 그렇게 하시면 됩니다."

말을 마친 윤태수는 계약서를 손끝으로 톡톡 두들기며 말을 이었다.

"그리고 이 계약 건은 따로 연락을 드리겠습니다."

끝인가?

생각이 들기 무섭게 윤태수가 자리에서 일어서며 왼손을 건넸고 메이븐은 얼떨결에 그의 손을 쥐었다.

"그럼 수고하셨습니다."

악수를 한 윤태수는 그대로 계약서를 읽기 시작했고 신혁돈은 앉은 자세 그대로 메이븐을 바라보고 있었다.

메이븐이 어정쩡하게 앉아 있자 보다 못한 홍서현이 그에게 말했다.

"이야기 끝난 거 아닌가요?"

그제야 메이븐이 고개를 끄덕인 뒤 서류가방을 챙겼다.

"…맞습니다."

메이븐이 일어서자 계약서를 읽고 있던 윤태수가 말했다.

"멀리 안 나갑니다."

"예."

그리고 그가 떠났다.

창밖으로 그의 차가 떠나는 것을 본 홍서현은 지금껏 짓고 있던 무표정을 풀고선 멍한 얼굴이 되었다.

"태수 씨. 생각보다 대단한 사람이었네요."

"…그거 칭찬입니까?"

"예."

그의 말과 행동 하나 하나에 맞춰 메이븐의 표정이 시시각각으로 변했다. 처음에는 개선장군처럼 당차게 등장했던 사람이 종국엔 사형을 선고받은 죄수의 얼굴이 돼서 집을 떠났다.

이게 전부 윤태수의 혀끝에서 벌어진 일이었다.

윤태수가 대답도 하지 않은 채 계약서를 살피고 있자 홍서현이 물었다.

"마지막에 한 말 있잖아요. 라쉬드한테 그대로 전하라는 거. 그건 왜 그런 건가요? 이런 상황에는 당연히 거짓을 말하라 해야 되는 거 아닌가요?"

윤태수는 계약서에 눈을 고정한 채 천천히 말했다.

"서현 씨는 메이븐이 한 말 전부 믿습니까?"

"어느 정도는요? 물론 의심할 부분이 있긴 하지만 그가 말하는 건 전부 진실 같았어요."

"한마디로 정리하자면?"

홍서현은 아랫입술을 살짝 깨물었다가 답했다.

"애매하다?"

"그겁니다."

"…뭐요?"

"라쉬드 또한 똑같은 생각을 할 겁니다."

홍서현은 이해가 갈 듯 말 듯한 얼굴로 윤태수에게서 시선을 떼곤 창밖으로 시선을 돌렸다.

그리고 몇 분의 고민 끝에 윤태수에게 물었다.

"그게 뭔 소리예요?"

*   *   *

한국.

서울의 고급 한식집 앞에 고급 외제차 한 대가 섰다.

차가 서자 뒷좌석에서 양복을 입은 외국인, 메이븐이 내렸다. 그는 윤태수를 앞에 두었을 때보다 굳은 얼굴로 한식집의 입구를 바라보았다.

입구에서 기다리고 있던 종업원은 메이븐의 얼굴을 보자마자 말도 없이 안내를 시작했고 곧 가장 안쪽의 방에 도착하자 종업원이 고개를 숙여 인사한 뒤 자리를 떠났다.

심호흡을 한 번 한 뒤 문을 열었고, 상석에 앉아 있는 중동계 사내를 발견할 수 있었다.

"메이븐. 어서 오십시오."

라쉬드는 활짝 웃으며 인사했고 메이븐 또한 웃는 낯을 보여주기 위해 노력하며 인사를 받았다.

"전화받고 깜짝 놀랐습니다. 언제 한국에 들어오신 겁니까?"

"볼일이 있어 들어왔다가 메이븐도 한국에 있다는 걸 듣고 연락드린 겁니다. 하하. 우연의 일치였죠."

군이 붙이지 않아도 될 사족을 붙인다.

메이븐은 여전히 웃는 낯으로 의자에 앉았다. 그러자 라쉬드가 한국의 음식들에 대한 지식을 늘어놓으며 이것저것을 추천했고 메이븐은 고개를 끄덕이는 것으로 답했다.

주문이 끝나고 정적이 시작되었다.

라쉬드가 한국까지 찾아온 것.

패러독스의 아지트에서 나오자마자 자신에게 전화를 걸어 부른 것.

의미하는 것은 하나다.

자신을 감시하고 있었으며 다른 짓을 하지 못하게 하겠다는 것이다.

메이븐은 막다른 길 끝에 놓인 거대한 벽과 마주한 기분을 느끼면서도 웃는 낯을 유지했다.

"패러독스 아지트에 다녀왔다면서요?"

"예."

마치 오늘 아침에 토스트를 먹었다면서요? 하는 듯한 가벼운 물음. 메이븐이 대답하자 라쉬드가 말했다.

"어땠어요?"

라쉬드가 말하기 직전 메이븐은 커다란 산적 하나를 입에 우겨 넣었다.

그리곤 천천히 맛을 음미하며 그의 눈을 바라보았다.

윤태수가 의도한 것은 무엇일까.

라쉬드의 목적은 무엇일까.

그리고 내가 살 수 있는 방법은 무엇일까.

끝나지 않는 생각과 달리 입속의 음식은 금방 사라졌고 이내 메이븐이 입을 열었다.

*   *   *

메이븐은 패러독스의 아지트에서 있었던 일을 그대로 전해주었다.

패러독스가 SOS에 대해 알고 있으며 가이아에 관한 것은 믿지 않았다는 내용을 들은 라쉬드는 표정을 굳혔다.

"SOS를 알고 있었다라… 그리고 가이아에 관한 이야기도 믿지 않는다. 이건 마치 우리가 하고자 하는 일을 전부 알고 있는 것 같군요. 게다가 당신에게 그대로 전하라 말했다는 건… 어쩌면 확실한 증거가 될 수도 있겠고요."

라쉬드의 말을 들은 메이븐의 입가가 묘하게 꿈틀거렸다.

평소의 그라면 절대로 속마음을 그대로 드러내는 짓을 하지 않는다. 헌데 이런 말을 했다는 것은?

라쉬드가 흔들리고 있다는 방증이나 다름없었다.

메이븐은 입가를 닦으며 라쉬드를 바라보았다.

우리가 하고자 하는 일.

여기서 우리란 자신이 아닌, 라쉬드와 그 위의 사람을 말하는 것이 분명했다.

"메이븐."

"예."

라쉬드가 말을 하며 테이블에 손을 올렸다. 그러자 원목으로 된 상의 모서리가 천천히 자라나기 시작했다.

마치 창의 촉처럼 뾰족하게 자라난 상의 모서리가 허공을 훑을 때 라쉬드가 물었다.

"패러독스에게 무엇을 받았습니까?"

기괴한 광경이 펼쳐지고 있다.

상에서 자라난 뾰족한 촉수들이 천천히 허공을 기어 메이븐의 주변을 맴돌고 있었다. 그런 상황에서도 메이븐은 눈 하나 깜짝하지 않고 답했다.

"받은 것 없습니다."

"준 것은요?"

"계약서를 줬습니다."

유한 목소리지만 단호한 표정한 표정의 메이븐을 본 라쉬드는 검지로 관자놀이를 문질렀다.

그 순간.

메이븐을 뒤덮을 듯 자라나던 나무 뱀들이 빠르게 줄어들었고 상은 원래의 모습으로 돌아갔다.

메이븐은 배신을 할 사람이 아니다.

그것보다 무얼 알아야 배신을 하지 않겠는가.

프로페서와 나눈 대화를 알고 있는 것은 라쉬드 본인뿐이다. 헌데 패러독스는 모든 것을 꿰고 있는 것처럼 보인다.

그럼에도 정면대결을 피하기는커녕 오히려 발을 들이밀고 있는 모습.

"메이븐이 보기에는 패러독스가 모든 것을 알고 있는 것으로 보이던가요?"

"예."

이번 대답도 확신에 차 있다.

메이븐과 대화를 나눌수록 라쉬드의 머릿속은 복잡해지고

있었다. 도대체 어떻게 아는 것인지 그것으로 무슨 계획을 세우고 있는 것인지 생각하면 할수록 알 수 없다는 결론이 가까워진다.

라쉬드가 짧게 한숨을 뱉은 뒤 말했다.

"모르겠군요."

그러자 메이븐이 기다렸다는 듯 말을 받았다.

"저도 모르겠습니다."

초점 없이 상을 바라보던 라쉬드의 시선이 메이븐의 눈으로 향한 순간.

"제 머리 위의 손들은 무슨 일을 벌이고 있는 겁니까? 그리고 올마이티는… 아니 마스터께서는 저를 어떻게 이용하려 한 겁니까?"

지금까지와 같은 담담한 목소리지만 그 속에는 짙은 감정이 담겨 있었다. 라쉬드는 그의 눈을 바라보며 답했다.

"알고 싶으십니까?"

기회?

아니다.

뱀이 아가리를 벌리고 있는 것이다.

메이븐이 선뜻 대답을 하지 않자 라쉬드는 하하, 하는 짧은 웃음으로 진득해진 분위기를 털어냈다.

그리곤 꺼내두었던 핸드폰을 집어 들며 말했다.

"기대했던 대로 아주 잘 해주셨어요. 한국까지 와서 고생 많으셨으니 며칠 푹 쉬시면서 휴가를 즐기다가 돌아가세요. 일본 지부에는 제가 말해두겠습니다."

말을 마친 라쉬드는 그대로 일어나 양복 재킷을 챙겨 입었다. 그 모습을 본 메이븐이 일어서려 하자 라쉬드가 말했다.

"아직 음식이 많이 남았습니다. 드시고 나오세요. 저는 일이 생겨 먼저 가보겠습니다. 그럼 식사 맛있게 하시고… 나중에 봅시다."

말을 하며 외투를 걸친 라쉬드는 창문에 비친 자신의 모습을 확인한 뒤 방을 나섰다.

탁탁거리는 발걸음 소리가 더 이상 들리지 않자 메이븐이 곧게 펴고 있던 허리에 힘을 빼며 긴 한숨을 내뱉었다.

"죽겠군."

휴가와 음식.

라쉬드의 입장에서는 아무런 생각 없이 뱉은 말일 수도 있지만, 메이븐의 입장에선 아니었다.

"어쩌다 이렇게 된 거지?"

의미 없는 물음을 뱉은 메이븐은 젓가락을 한 짝만 들어 동그랑땡 하나를 찍어 입에 넣고 씹었다.

*　　　　*　　　　*

각자의 일을 보러 나갔던 이들이 하나 둘 아지트로 돌아와 거실에 모였다.

윤태수가 계약서를 살피는 것을 본 이들은 무슨 계약서인지를 물었고 그의 입을 통해 메이븐이 하고 간 이야기를 들을 수 있었다.

"일차원적으로 생각하면 올마이티가 마왕의 힘을 받고 있는 인간들이라 생각할 수도 있겠습니다."

고준영의 말에 대부분이 고개를 끄덕였다.

"그럼 올마이티의 입장에서 생각해 봐야겠네, 흠."

고준영이 팔짱을 낀 채 소파에 기대자 여기저기서 목소리가 쏟아져 나오며 토론이 시작되었다.

한참의 토론 끝에 나온 결론은 함정이라는 것이다.

"아웃랜드는 차원문과 별다를 것 없지 않나요? 올마이티가 우리 모두를 죽인 뒤 '몬스터의 소행이다.'하고 발표해 버리면 그대로 끝인 것 같은데."

김민희의 말에 가만히 있던 백종화가 피식 웃으며 답했다.

"반대도 마찬가지지."

"우린 열하나… 아니 이제 열이지만. 어쨌든 올마이티에 비하면 인원수가 너무 모자라잖아요."

"인원수가 뭐가 중요하다 생각해?"

백종화의 물음에 김민희가 질문의 의도를 모르겠다는 듯 맹한 눈을 했다.

"하피의 수는 수만이 넘었어. 그런데 어떻게 되었지?"

"…그건 하늘거북과 로스카란토의 자식들 덕 아닌가요?"

"그렇게 치면 사막악어들은 어떻게 세뿔가시벌레와의 싸움에서 이겼을까?"

김민희가 대답대신 입술을 비죽이자 백종화가 말을 이었다.

"사람 셋만 모여도 이야기가 새어나가게 마련인데 수백이 모여 열을 죽인 뒤 이야기가 안 새어 나가길 바라는 건 무리지."

맞는 말이긴 하지만 그래도 불안이 생기는 것은 어쩔 수 없는지 김민희는 여전히 불안한 표정이었다.

그때 신혁돈의 핸드폰이 울렸고 액정에는 헤르메스라는 이름이 떠올라 있었다.

―나올래? 들어갈까?

"나가지."

신혁돈이 전화를 끊자 자리에 앉아 있던 윤태수와 백종화가 그를 바라보았다. 같이 가냐는 무언의 물음이었고 신혁돈은 고개를 저으며 말했다.

"밥 먹고 있어라."

말을 마친 신혁돈이 벗어두었던 재킷을 챙겨 입고 나가자 홍서현이 물었다.

"어디 간대요?"

"진실의 눈 마스터 헤르메스 만나러."

*   *   *

신혁돈이 아지트 밖으로 나오자 외제차 한 대가 클락션을 울렸다. 신혁돈이 차 가까이 가자 외제차의 창문이 열리며 헤르메스가 손을 흔들었다.

"오랜만이야!"

대충 고개를 끄덕인 신혁돈이 보조석에 오르자 헤르메스는 차를 출발시키며 말했다.

"밥은?"

"아직."

"다행이네. 나도 안 먹었는데 밥 먹으면서 얘기하자."

"그러지."

헤르메스는 천천히 고개를 끄덕인 뒤 룸미러를 통해 신혁돈의 얼굴을 보았다.

"옷, 고르곤의 가죽인가?"

"맞아."

"세상에. 고르곤의 가죽을 재단해서 옷을 만들고 마법을 걸 수 있는 실력자가 있단 말이야? 누구 실력이야?"

"길드원."

짧은 대답에 입술을 비죽인 헤르메스는 화제를 돌렸다.

"일단 고맙다."

"말로 하는 감사는 집어치워."

신혁돈의 반응에 낄낄거리는 웃음을 토한 헤르메스는 턱짓으로 글러브 박스를 가리키며 말했다.

"거기 선물."

글러브 박스를 열자 태블릿 PC 한 대가 들어 있었다. 신혁
돈이 태블릿 PC의 잠금 화면을 푸는 사이 헤르메스가 말했
다.

"가이아에 관한 정보와 신화와 차원문의 관련성. 그리고 뭐
세상 돌아가는 것도 좀 넣어뒀다."

손가락을 움직여 몇 개의 파일을 확인한 신혁돈은 태블릿
PC의 전원을 끈 뒤 다시 글러브 박스에 넣어두었다.

"그건 그렇고 두 달 동안 무슨 일이 있었던 거야?"

"말하자면 길다."

"시간도 많은데 천천히 이야기 해봐."

신혁돈은 귀찮다는 얼굴을 하곤 헤르메스를 바라보았고 헤
르메스는 운전을 하면서 씩하고 미소를 지었다.

"얼른."

헤르메스의 닦달에 신혁돈은 이야기를 시작했다.

대부분이 생략된 간결한 이야기에 헤르메스는 단어 하나하
나 토를 달아가며 자세한 설명을 원했고 신혁돈은 윤태수나
백종화를 데려오지 않은 것을 후회했다.

처음으로 만난 하피를 설명하던 도중 차가 식당에 도착했
고 들어가서 음식을 주문한 뒤 음식이 나오고서야 개략적인
이야기가 끝났다.

이야기가 끝나자 헤르메스는 반짝거리는 눈으로 말했다.

"로스카란토라… 어마어마한 모험을 하고 왔네. 여덟 번째 시련에는 나도 껴줄 수 있어?"

신혁돈은 단호히 고개를 저었고 헤르메스가 왜! 하고 소리쳤다.

"넌 약해."

헤르메스는 무어라 말을 하려 입을 오물거렸지만 반박할 말이 떠오르지 않았다.

두 달 전에도 신혁돈은 강했다. 하지만 '이 정도로 강하겠구나.' 하고 예상은 할 수 있는 정도였다.

헌데 지금은 강한지도 모르겠다. 그가 예측할 수 있는 범위를 넘어선 것이다. 헤르메스가 툴툴거리자 신혁돈이 화두를 돌렸다.

"가이아에 관한 이야기나 해봐라."

"아까 그거 보면 다 나와 있는데."

"귀찮다."

헤르메스는 참 너답다 하는 눈빛을 흘긴 뒤 말을 시작했다.

"간단히 말하면 가이아는 최초의 여신이었어. 그리스 로마 신화나 북유럽 신화에 등장하는 신인데 다른 신화들에서도 등장하긴 해. 가이아, 게, 지에. 이런 이름들이지. 이름이 중요한 건 아니니 이만하고."

헤르메스는 목이 마른 듯 물을 한 모금 마신 뒤 말을 이었다.

"가이아의 행보가 가장 잘 드러난 신화는 그리스 신화야. 그녀의 등장부터 퇴장까지 아주 잘 나와 있지. 그녀는 자신의 자식인 우라노스와 결혼해 크로노스를 낳았고 크로노스는 제우스의 아버지지."

전에 들었던 이야기다.

신혁돈이 고개를 끄덕이자 헤르메스가 말을 이었다.

"재미있는 게 우라노스는 크라노스에게 죽고 크로노스는 제우스의 손에 죽어. 즉, 자신이 낳은 아들에게 왕위를 찬탈당한 거지."

"그거랑 가이아랑 무슨 상관이지?"

"가이아는 직접 싸움에 개입한 적은 없지만 남편과 자식, 아버지와 자식 사이에 벌어진 전쟁을 계획한 장본인이었어. 하지만 가이아는 전쟁을 좋아하진 않았지. 교활하거나 음험한 성격도 아니었고 말이야. 오히려 아들을 생각하는 어머니로써의 애정이 너무 깊은 게 문제였어."

아들을 너무 사랑하기에 죽인다니. 무슨 궤변이란 말인가.

"짧게 이야기하자면 가이아는 제우스마저 죽이려다 실패하고 타르타로스, 너희 말로 하자면 지옥으로 쫓겨나. 그 뒤에도 제우스를 죽이기 위해 노력하지만 결국 모두 실패로 돌아가지. 그리고 그녀의 기록은 점점 사라지다 어느 순간 완벽히 사라져 버리지."

슬슬 복잡해지는 머리에 신혁돈이 그의 말을 끊으며 말했다.

"본론만."

신혁돈의 말에 헤르메스는 볼을 긁적이며 말했다.

"사실 이렇다 할 결론은 아직 못 내렸어. 일단 확실한 것은 가이아는 인간을 사랑하고 있고 우리를 살리기 위해 시스템이라는 걸 만들어냈다는 거지."

신혁돈이 검지로 테이블을 톡톡 두들겼다.

일단 확실한 것이라.

그렇다면 확실하지 않은, 생각만 하고 있는 의심이 있다는 뜻이다.

"확실하지 않은 건 뭐가 있지?"

신혁돈의 질문에 헤르메스는 속마음을 읽힌 듯 허, 하고 헛숨을 뱉더니 말했다.

"거 쓸데없이 날카롭다니까."

"흰 소리 말고 말해봐."

헤르메스는 천천히 고개를 끄덕인 뒤 말했다.

*   *   *

"올마이티 쪽은 가이아가 악신(惡神)이라 생각하고 있어. 그래서 좀 알아봤더니……."

헤르메스는 자신의 핸드폰을 꺼내 화면을 켠 뒤 신혁돈에게 건넸다.

신혁돈은 그 핸드폰을 받지 않은 채 말했다.

"말로 해."

헤르메스는 머쓱해진 손을 테이블 위에 올리고선 이야기했다.

"가이아는 자신이 낳은 자식인 우라노스와 결혼해 크로노스를 낳았지. 그리고 크로노스를 부추겨서 우라노스를 쫓아냈어. 그리곤 크로노스가 제우스를 낳자 제우스를 부추겨 크로노스를 죽였지."

"자신의 자식을 죽였다고?"

헤르메스는 천천히 고개를 끄덕이며 말했다.

"자세히 이야기하자면 긴데… 짧게 추리자면 가이아가 낳은 자식들 중에서는 괴물들도 있었거든. 그 괴물들이 지상에 설치는 꼴을 볼 수 없던 크로노스와 우라노스는 타르타로스, 한국말로는 지옥으로 보내버렸지. 가이아는 자신의 자식들을 지옥에서 꺼내오기 위해 그들을 죽인 거고. 자식을 사랑하는 마음에 벌인 일이긴 하지만 결과만 보자면 좀 그렇지."

"그래서?"

"그래서 결론은, 한쪽 말만 듣고 무작정 믿다 뒤통수 맞는 것보다야 조금이라도 조심을 하는 게 낫지 않을까 하는 생각이 들어서 말이야. 말을 해야 하나 말아야 하나 고민하고 있었다."

헤르메스의 입장에서 보면 합당한 의심일수도 있다.

"그렇군."

"이해하는 건가?"

"네 입장은."

자신의 입장만 이해한다. 즉, 가이아에 대한 의심은 받아들이지 않겠다는 말이나 다름없었다.

헤르메스는 짧게 혀를 찬 뒤 말했다.

"뭐 네 선택이니까."

"확실한 증거가 나오면 말해라. 그땐 내가 틀렸다는 걸 인정하지."

"틀리고 나서 후회해 봤자 잃은 것들은 돌아오지 않을 텐데."

"그건 내가 책임져야 할 부분이다."

단호한 대답에 헤르메스는 헛웃음을 흘렸다.

"참 신혁돈스럽다."

"칭찬으로 듣지."

능청스러운 대답에 고개를 휘휘 저은 헤르메스가 젓가락을 들며 말했다.

"밥이나 먹자."

헤르메스는 식사를 하며 두 달 동안 헤르메스가 해온 일에 대해 이야기해 주었다.

별다른 것은 없었다.

화이트 홀을 처리하고 붕괴가 얼마 남지 않은 차원문들을 정리했다는 이야기가 끝나자 헤르메스가 이야기했다.

"그건 그렇고, 더 가드가 큰 거 한 방 준비하고 있다던데. 무슨 일이야?"

아이기스 창설 발표는 내일이다.

이미 내부의 논의는 끝난 상태고 이제 발표만 남은 상황. 이런 와중에 한두 사람 정도 더 알게 된다 해도 문제가 되진 않을 것이기에 신혁돈은 아이기스에 대해 말해주었다.

"…그게 가능해?"

헤르메스의 물음에 신혁돈은 대답 대신 창밖을 바라보았다.

'괜히 혼자 왔군.'

이놈은 말이 너무 많다.

*   *   *

사흘이 지났다.

아이기스 창설이 발표되었고 전 세계의 언론 매체들이 아이기스에 초점을 맞추고 있을 때.

올마이티에서 남미 아웃랜드 토벌 작전. SOS를 발표했다.

언론은 안 그래도 뜨거운 아궁이에 장작을 더 넣은 것처럼 뜨거워졌다.

SOS에 패러독스가 참가한다는 것이 알려졌을 때. 다시 한 번 패러독스의 아지트 앞에는 기자들이 진을 이루었고 패러독스는 바깥출입을 삼갔다.

"으아아아."

계약서 사본을 다시 한 번 살피고 있던 윤태수가 길게 기지개를 폈다.

"드디어 끝났네."

기지개 피는 소리에 깜짝 놀란 김민희가 토끼 눈을 하곤 물었다.

"그 사본 보는 거요?"

"응."

윤태수는 아예 일어나서 맨손체조를 하기 시작했고 김민희는 그의 뒤통수를 보며 말했다.

"이미 계약한 건데 사본은 왜 보는 거예요?"

"혹시 모르니까."

김민희는 모르겠다는 듯 계약서를 바라보았다. 그사이 맨손체조를 마친 윤태수는 계약서 옆에 놓여 있던 파일에서 종이뭉치를 꺼내 길드원 전체에게 나누어주며 말했다.

"개인 계약서입니다. 안 읽어도 상관은 없습니다만 심심할 때 한 번씩은 읽어두십시오."

마지막으로 신혁돈에게 계약서를 건네려다 만 윤태수가 자리에 앉았고 길드원들은 각자 하던 일을 멈추고 계약서를 살폈다.

　　대강 눈으로 슥슥 훑어보던 김민희가 '억' 하는 소리를 내며 윤태수를 바라보았다.

　　"뭐. 왜?"

　　"이거 계약금… 개인 지급이에요?"

　　"그럼 그 푼돈을 나눠 먹을까."

　　"세상에 푼돈이라뇨… 0이 몇 개야."

　　윤태수는 김민희의 반응을 이해할 수 없다는 듯 말했다.

　　"너 요즘 통장은 보고 사냐?"

　　"어머니 드렸는데요."

　　"…됐다."

　　헤르메스가 길드원 둘을 구해준 것에 감사하는 의미로 건넨 돈만 하더라도 건물 두어 채는 올릴 금액이다.

　　그리고 이번 수당은 그것보다 많고.

　　"세상에 우리가 뭘 한다고 이렇게 많이 받아요? 게다가 몬스터당 추가수당도 있고… 위험수당도 있고 세상에나."

　　김민희의 말에 대충 계약서를 보던 이들 또한 액수가 적힌 부분을 찾기 시작했고 그 모습을 본 윤태수가 헛웃음을 흘렸다.

　　"자신의 가치를 모르는구만. 나중에 집 살 때 꼭 말해라.

엄한데서 눈탱이 맞지 말고."

말을 마친 윤태수는 남은 계약서를 한 부 들고선 거실을 나섰다.

자신의 팔을 만들고 있는 이서윤에게 가져다주기 위해 나선 것이다.

윤태수가 연구실의 문을 열자 마침 방을 나오려던 골렘과 마주쳤다. 번들거리는 금속제 피부를 가진 데다 이목구비도 없는 놈과 눈이 마주친 것 같은 기분이 든 순간.

"마침 부르려고 했는데, 들어오세요."

그제야 골렘이 손에 들고 있는 종이가 눈에 들어왔다.

─연구실로 오세요.

윤태수는 골렘이 문에서 비켜서자 방으로 들어서며 말했다.

"전화를 하면 되지……."

"어디 있는지 몰라요. 찾기도 귀찮고. 그것보다 이리로 와 봐요."

윤태수는 들고 있던 계약서를 테이블 위에 올려놓고선 이서윤에게 다가갔다.

그녀가 앉아 있는 테이블에는 골렘의 것과 비슷하게 생긴 손이 올려져 있었고 윤태수는 그녀의 앞에 앉으며 손을 자세히 살폈다.

금속을 액체로 만든 뒤 손 모양 틀에 넣고 찍어낸 모양. 로

봇 손을 생각하고 있던 윤태수는 놀란 눈을 하고 그녀와 손을 번갈아 보았다.

"놀랍죠?"

"예, 진짜 사람 손 같습니다."

이서윤은 해맑게 고개를 끄덕였다.

"…무슨 긍정입니까?"

"진짜 사람 손이 들어갔어요."

"내 손?"

"예."

"전에 두고 간 그거요?"

"예."

"오… 맙소사."

멋있게만 보이던 금속 손이 갑자기 징그럽게 느껴졌다.

아무리 자신의 손이라지만 한 번 몸에서 떨어진 뒤 며칠을 보내고 돌아오니 다시 붙이기 싫은, 기묘한 느낌이 들었기 때문이다.

윤태수가 멍하니 있는 사이 이서윤이 물었다.

"바쁜 일 있어요?"

"아뇨?"

"그럼 지금 수술할 거니까 저쪽에 누워요."

"…수술 말입니까?"

이서윤은 대충 고개를 끄덕이며 자리에서 일어서 수술 도구들을 준비하기 시작했고 윤태수의 시선은 다시 금속 손으로 향했다.

침을 꿀꺽 삼킨 윤태수는 금속 손을 들었다.

"의외로 가볍네."

게다가 부드럽다.

사람 피부와 같은 부드러움은 아니었지만 금속의 느낌 또한 아니었다. 한결 긴장을 덜어낸 윤태수는 금손 손의 단면부로 시선을 옮겼다.

"마법진?"

그의 혼잣말에 이서윤이 답했다.

"현대 과학 대신. 마법으로."

수술 도구를 담은 트레이를 밀고 온 이서윤이 턱짓으로 침대를 가리켰다. 윤태수는 마른침을 한 번 삼키고선 자리에서 일어나 침대에 누웠다.

긴장한 윤태수의 표정을 본 이서윤이 말했다.

"손 잘리고도 웃었다는 양반이 수술을 겁내네."

"그거랑은 다릅니다."

"둘 다 아픈 건 똑같을 텐데?"

"환자 겁주면 안 되는 법 같은 거 없습니까?"

"있다 해도 전 야매 돌팔이라서요."

긴장을 풀어주려고 농담을 하는 건지 기회를 잡아서 놀려먹으려 하는 건지 구분이 가질 않는다.

윤태수는 침대에 누워 수술대에 팔을 올리며 말했다.

"마취… 아니 아예 재워주실 수 있습니까?"

"안타깝지만 연결하면서 신경 검사를 해야 해서 둘 다 안 돼요."

이서윤의 말을 들은 순간. 윤태수는 확신했다.

이건 지금까지의 복수다.

"알겠습니다."

윤태수가 손이 없는 오른 팔을 수술대에 올리자 이서윤이 메스를 꺼내들며 말했다.

"아프면 말하세요."

"아픕니다!"

"지금 닿은 건 제 손인데 뭐가 아파요. 그리고… 지금 닿은 게 메스구요."

팔의 단면을 가르는 메스 위로 흐르는 피를 본 윤태수는 눈을 감아버렸다.

잔뜩 겁을 먹은 것이 아쉬울 정도로 수술은 빨리 끝났다.

"마법이란 역시 대단해요."

윤태수의 팔에 붙어 있는 금속 손을 본 이서윤이 만족스럽다는 얼굴로 말했다. 윤태수는 아직까지 남아 있는 찝찝한 고통에 구겨진 미간을 억지로 피며 손에 힘을 주며 말했다.

"이거 어떻게 움직입니까?"

"에르그 에너지를 이용해서요. 손목 쪽으로 에르그 에너지를 밀어 넣어 보시겠어요?"

이서윤의 말대로 하자 미동조차 없던 금속 손이 윤태수의 의지대로 움직이기 시작했다.

"오, 되네."

"자, 이제 성능 설명을 해드리죠. 일단 그건 하피의 창을 녹여서 만든 거예요."

만들었다는 소리를 듣자 자신의 손이 쓰였다는 말이 기억나 윤태수가 미간을 구겼다.

"그렇다고 로켓손처럼 발사는 안 되니까 그런 짓은 하지 마시고, 일단 당연한 거지만 에르그 에너지에 반응하는 금속을 기반으로 한 손이기 때문에 악력은 엄청나요."

이서윤은 어느새 준비해둔 금속제 구슬들이 담긴 자루를 꺼냈다.

개중 주먹만 한 쇠구슬을 건네받은 윤태수는 구슬을 오른손에 쥔 채 힘을 주었다.

끼기기긱!

쇠가 우그러지는 소리와 함께 쇠구슬에 손가락 모양이 남았다. 그 모습을 본 이서윤은 만족스러운 미소를 지으며 다른 구슬들을 건네며 악력을 실험시켰다.

"훌륭합니다."

"그럼요. 누가 만든 건데."

"…예. 서윤 씨가 만들었으니 완벽하겠죠. 다른 능력은 없습니까?"

"손을 붙여준 것만으로 감사해야지 무슨 능력을 바라요."

"진짜 없어요?"

이서윤은 피식 웃고서는 허공을 향해 오른손바닥을 쭉 펴는 동작을 취했다. 무슨 짓인가 하고 그녀의 행동을 보고 있던 윤태수는 아, 하는 소리와 함께 그녀의 동작을 따라했다.

그 순간.

윤태수의 에르그 에너지가 금속 손으로 빨려 들어가기 시작했다. 당황한 윤태수가 왼팔로 오른 팔의 손목을 쥐며 외쳤다.

"이거 뭡니까!"

"바닥을 향해요."

윤태수의 오른 손이 바닥으로 향한 순간.

삐이!

기계음과도 같은 소리가 터짐과 동시에 윤태수의 손바닥이 번쩍이며 빛을 토했다.

쿠웅!

강한 반발력에 침대 위에 앉아 있던 윤태수의 몸이 침대 밑으로 굴러떨어졌다.

윤태수는 바닥에 떨어진 그대로 자신의 손바닥을 올려보았다.

"…이게 뭡니까?"

"원거리 무기 필요하다면서요. 위력 면에서는 고르곤의 분노보다야 약하겠지만 에르그 에너지 소모가 적으니까 잔챙이들 정리에는 편할 거예요."

"…맙소사."

어느새 다가온 이서윤은 윤태수에게 손을 건넸고 윤태수는 그녀의 손을 쥐고 일어섰다.

"고맙죠?"

"굉장히. 많이. 어마어마하게 감사합니다."

"전 말보다 물질적인 감사를 좋아하는데."

"뭐든 말만 하십시오."

윤태수는 감동을 받은 듯 계속 고개를 끄덕이며 그녀에게 감사를 표했고 그녀는 마음에 든다는 듯 미소를 지으며 그런 반응을 즐겼다.

*　　　　　*　　　　　*

윤태수의 손이 생긴 날 밤.

모두가 모인 자리에서 신혁돈이 말했다.

"내일 저녁. 미국으로 출발한다."

그의 말에 고준영이 되물었다.

"SOS 작전 시작이 일주일 뒤인데 내일은 너무 이르지 않습니까?"

그러자 백종화가 미간을 구기며 말했다.

"너 계약서 안 읽었지."

"…예?"

"가서 읽고 와라."

고준영이 계약서를 꺼내 뒤적이기 시작하자 신혁돈이 말을 이었다.

"계약서에 쓰여 있는 대로 우리는 올마이티와 계약 관계이긴 하지만 개별적으로 움직일 거다. 선봉과 정찰의 역할을 맡는다고 쓰여 있긴 하지만 그걸 믿는 사람은 없겠지."

선봉과 정찰을 핑계로 본대와 떼어놓은 뒤 무슨 수작을 벌이려는 의도임이 분명한 조항이었다.

"올마이티가 무슨 짓을 할지 모르기 때문에 우리는 일주일 먼저 아웃랜드로 들어갈 것이다. 일주일 동안 모든 것을 충분히 살핀 뒤 본대를 맞이한다."

계약서를 살피던 고준영은 그제야 이해를 한 듯 고개를 끄덕였다.

"질문 있는 사람 있나?"

별다른 질문이 없자 신혁돈이 천천히 고개를 끄덕이며 말했다.

"그럼 내일 저녁 8시까지 이곳으로 모여라."

신혁돈의 말이 끝나자 다들 이곳저곳으로 흩어졌다.

끝까지 거실에 남아 있던 윤태수는 방을 나가는 이서윤과 신혁돈의 뒷모습을 바라보다가 이서윤의 뒤를 따라 걸음을 옮겼다.

제6장

새로운 힘 I

차원문이 처음 생겨났을 당시 북미와 남미의 대처는 상이하게 나뉘었다.

북미는 곧바로 차원문이 나타난 지역을 봉쇄하고 군병력을 배치해 만일의 사태에 대비하여 피해를 최소화시켰지만 남미는 그렇게 하지 않았다.

습지와 늪. 아마존과 같은 대자연을 끼고 있는 나라가 많았기에 모든 차원문을 관리할 수 없다는 문제도 있긴 했지만 정부가 차원문 자체를 대수롭게 생각하지 않으며 미적지근한 대응을 한 탓이 컸다.

그 덕에 차원문이 붕괴된 순간, 남미에는 지옥이 펼쳐졌다.

전 세계적으로 유명한 카르텔들은 목숨을 걸고 괴물들과 싸우는 것보다 해외로의 도주를 택했고 정권과 군벌 또한 다를 것 없었다.

결국 죽어나간 것은 민간인, 힘과 돈이 없던 이들이었다.

물론 자국민을 지키기 위해 노력한 남미 국가도 있었으나 괴물의 수가 너무 많았다. 한 손으로 열 손을 막을 순 없었고 결국 나라를 버리고 도망가는 선택을 할 수밖에 없었다.

그렇게 남미는 괴물들이 차지한 땅. 인간이 살지 않는 대륙. 아웃랜드가 되어버렸다.

남미가 아웃랜드가 된 이후, 미국은 자국의 영토로 진출하는 괴물들을 막기 위해 멕시코를 통합시킨 후 파나마까지 밀고 내려갔다.

파나마의 수도, 파나마 시티까지 수복한 미군은 남미와 북미의 연결점 중 가장 좁은 지역에 전선을 형성한 뒤 괴물을 막기 시작했고 그 전선은 현재까지 유지되고 있었다.

*　　　　*　　　　*

장장 14시간의 비행과 두 번의 경유를 통해 패러독스의 길드원들은 쿠바에 도착할 수 있었다.

올마이티에서 전용기를 보내주었기에 편하게 올 순 있었지만 편하다 해봤자 비행기 안에서의 편안함이었다.

비행기에서 내려 땅을 밟는 순간 김민희가 숨을 길게 들이켰다.

"하… 살 것 같네."

그 뒤로 패러독스의 길드원들이 차례차례 내리기 시작했다.

모두 이서윤이 만들어준 길드복을 착용하고 있었는데 검은 가죽 코트를 착용한 모습이 쿠바의 날씨와 대조되어 진기한 광경을 자아내고 있었다.

길드원 전부가 내리자 비행기 앞으로 미니버스 한 대가 섰고 거기서 남미계 사람 하나가 내리며 자신을 소개했다.

"안녕하십니까. 올마이티 남미 관리부 호세 로드리게스입니다."

유일하게 영어를 할 줄 아는 이서윤이 앞으로 걸어 나가 그의 말을 통역하자 로드리게스가 말을 이었다.

"열정의 도시 쿠바 아바나에 오신 것을 환영합니다."

대충 인사를 마치자 로드리게스와 패러독스 길드원들이 버스에 올랐다.

"아웃랜드에 대한 간단한 자료입니다."

자리에 앉자 로드리게스가 파일철을 나누어주었고 길드원들은 파일철을 살피며 통역을 들었다.

"이번 SOS는 세 단계로 나뉘어져 있습니다. 1단계는 괴물들을 아마존으로 몰아넣는 것, 2단계는 폭격, 3단계는 정복입니다."

폭격이라는 말에 윤태수가 물었다.

"미사일을 사용합니까?"

"예."

윤태수는 의아한 얼굴로 백종화를 바라보며 말했다.

"미사일이 통하겠습니까?"

"그야 모르지."

차원문을 뚫고 나와 지구에 발을 디딘 괴물들에게는 현대 화기들이 통한다. 물론 고등급의 괴물들에게는 통하지 않는다.

고등급 괴물들의 피부에는 에르그 에너지가 흐르는데 이것은 에르그 에너지가 담기지 않은 모든 공격을 무효화시키는 효과가 있다.

총이나 미사일과 같은 현대 화기들을 아무리 퍼부어봤자 에르그 에너지가 담겨 있지 않다면 아무런 소용이 없는 것이다.

두 사람이 이야기를 나누는 사이 차는 계속 달렸고 바깥으로 남미의 풍경이 펼쳐졌다.

새하얀 서양식 건물들과 한국에서는 보기 힘든 지평선, 그리고 끝도 없이 펼쳐진 새파란 하늘이 눈을 가득 채웠다.

일행들이 각자의 할 것을 하는 사이에도 로드리게스의 설명은 계속되었다.

"저희는 일단 산티아고 데 쿠바로 갈 겁니다. 그곳에서 배를 탄 뒤 베네수엘라 최북단의 섬이자 베이스캠프인 푼토 피조라는 곳으로 가게 됩니다. 궁금한 것 있으십니까?"

별다른 질문이 없자 로드리게스 또한 자리에 앉았고 버스는 달달거리며 항구로 향했다.

푼토 피조.

섬이라기보다는 마치 도끼처럼 생긴 지형이었다.

도끼의 머리 부분이 섬을 이루고 있었고 손잡이 부분은 본토와 연결되어 있었다. 본토에서 섬으로 넘어오는 길목이 굉장히 좁았기에 베이스캠프로 삼은 듯했다.

전형적인 남미의 섬이었는데 시커먼 군인들만 돌아다니고 있었기에 휴양지에 온 기분은커녕 곧 전투에 임해야 된다는 생각에 긴장감이 드는 이들이 대부분이었다.

푼토 피조에 도착하자 로드리게스는 숙소까지 안내해 준 뒤 저녁 식사 시간을 고지하고 어디론가 가버렸다.

남녀로 나눠 두 개의 방으로 흩어져 짐을 둔 이들은 남자의 방으로 모였다.

"비행기에 버스에 배에… 아주 죽겠습니다."

고준영은 아직도 속이 미식거리는지 벽에 머리를 박은 채 골골거리고 있었다. 거의 20시간을 이동하는 데 썼으니 당연한 것이다. 다들 티를 내지 않고 있긴 했지만 속이 미식거리는 것은 마찬가지였다.

고준영을 슥 본 신혁돈이 다른 이들에게 시선을 던지며 말했다.

"내일 아침까지 휴식. 아침을 먹고 곧바로 출발한다."

신혁돈의 말이 끝나자 다들 이리저리 흩어져 침대와 소파를 차지하고 누웠고 각자의 시간을 보내기 시작했다.

*   *   *

다음 날 아침.

"까아아악!"

오랜만에 제 모습으로 돌아온 도시락은 길게 포효하며 세 쌍의 날개를 힘차게 흔들었다.

베이스캠프의 어지간한 건물들보다 거대한 괴물이 나타나자 베이스캠프를 지키고 있던 이들의 시선이 모두 모였다.

사전에 말을 해두었기에 도시락을 공격하는 일은 없었지만 놀란 얼굴까지는 감출 수 없었다. 도시락은 시선을 즐기듯 부드럽게 날개를 턴 후 길드원들을 태웠다.

길드원들이 모두 올라서서 자리를 잡자 도시락이 하늘로 날아올랐다.

그러자 그들의 발밑으로 한국과는 전혀 다른 지형이 펼쳐지기 시작했다. 울창한 수림과 끝도 없이 펼쳐진 대지. 멀리 보이는 바다.

그리고 그 사이를 뛰노는 괴물들.

얼마 날지 않아 괴물 무리를 발견한 백종화가 괴물 무리를 가리키며 물었다.

"저건 뭡니까?"

외형만 보면 말과 비슷하다.

하지만 털과 갈기 대신 나무껍질과 비슷한 피부를 가지고 있었으며 머리 앞으로는 기다란 뿔까지 나 있었다.

"우든 호스. 나무로 된 말이라 생각해라. 별다른 능력은 없는 대신, 힘이 세고 빠르다."

신혁돈은 도시락의 등을 두드려 백 여 마리의 우든 호스 근처에 착지하라 명령한 뒤 하늘거북 몬스터 폼을 발동시켰다.

그 순간.

신혁돈의 심장이 미친 듯이 뛰기 시작했다.

"큽."

마치 누군가 심장을 쥐어 터뜨리려고 하는 듯한 고통! 신혁돈이 가슴을 부여 쥔 채로 무릎을 꿇었다. 그제야 이상한 낌새를 눈치챈 길드원들이 신혁돈에게 다가간 순간.

휘이이익!

신혁돈의 몸 주변으로 거대한 바람의 장막이 생겨났다.

바람은 눈에 보일 정도로 빠르게 회전하며 신혁돈의 몸을 감쌌고 신혁돈의 모습이 완벽히 가려졌을 때.

파앙!

거센 바람 소리와 함께 장막이 터져 나갔다.

"…형님?"

장막이 거두어졌음에도 신혁돈은 여전히 가슴을 부여 쥔 채 한쪽 무릎을 꿇고 있었고 그의 몸은 덜덜 떨리고 있었다.

'심장이……'

심장이 커지고 있었다.

정확히는 심장의 안에 자리 잡고 있는 에르그 기관의 크기가 커지며 변화하고 있었다. 몬스터 폼을 중지시키려 시도해 봤지만 이미 시작된 변화는 멈출 수 없었고 그의 심장은 계속해서 에르그 에너지를 갈구하고 있었다.

신혁돈은 심장이 터질 것 같은 고통 속에서도 이를 악물며 정신을 부여잡았다.

'도대체 왜?'

다른 괴물들의 몬스터 폼을 사용했을 때 내부 장기 기관이 변하는 경우는 없었다.

헌데 하늘거북만 이러는 이유가 도대체 무엇이란 말인가?

결국 고통을 참지 못한 신혁돈의 눈이 감긴 순간.

후우우웅!

다시 한 번 거센 바람이 피어올랐다.

자신의 등 위에서 이상한 일이 벌어지고 있다는 것을 깨달은 도시락은 조금 더 빠르게 땅으로 착지했고 그 순간.

신혁돈의 몸이 둥실 떠올랐다.

"어떻게 해야 하지?"

처음 보는 광경이기에 손을 쓸 수조차 없었다. 패러독스 길드원들은 발만 동동 구르며 허공에 떠오른 신혁돈을 지켜볼 수밖에 없었다.

'바람?'

눈을 감은 신혁돈은 자신의 심장에서 시작된 에르그 에너지가 알 수 없는 기운으로 변환되어 자신의 몸 주변을 휘돌고 있음을 깨달을 수 있었다.

'동화한 것과 비슷하다.'

하늘거북에게 동화를 했을 때와 비슷한 감각이 온몸으로 느껴졌다.

바람을 다루는 힘이 있던 그들의 스킬을 흡수했기 때문인가?

신혁돈은 생각과 동시에 들끓고 있는 에르그 에너지를 움직여 보았다. 그러자 자신을 휘감고 있던 미증유의 에너지들이 신혁돈의 의지에 따르기 시작했고 서서히 익숙해졌다.

'하늘거북의 힘이군.'

그들이 바람을 다루던 힘이 바로 이것이었다.

어느새 에르그 기관의 확장은 멈추었고 신혁돈의 몸을 휘감고 돌던 미증유의 에너지 또한 신혁돈의 통제 아래로 들어왔다.

모든 것이 진정된 순간, 신혁돈이 눈을 떴다.

"형님?"

그의 발아래로 도시락의 머리와 그의 등 위에 올라서 있는 길드원들이 보였다.

"괜찮으십니까?"

"지금 날고 계신데 말입니다."

그들의 말대로 신혁돈은 공중에 떠 있었다. 몬스터 폼의 변화도 없이 하늘거북의 힘만으로 하늘을 날고 있는 것이다.

신혁돈은 오른손을 가슴에 얹어보았다.

'심장은 멀쩡하군.'

예상외의 소득이다.

하늘거북 몬스터 폼에는 단 한 푼의 기대도 하지 않고 있었다. 애초에 공격적인 성향을 지닌 괴물도 아니거니와 신체적인 단점이 너무 컸기 때문이다.

헌데 바람을 다루는 능력만 딱 흡수하다니.

방금의 고통은 모두 잊은 듯 미소를 지은 신혁돈이 고개를 끄덕이며 말했다.

"괜찮아."

"…그건 그렇다 치고 하늘은 어떻게 나는 겁니까?"

백종화의 언령이 딱딱한 느낌이라면 신혁돈은 아주 부드럽게 하늘에 떠 있었다. 마치 평지에 서 있는 듯한 모습.

"하늘거북의 힘이다."

패러독스 길드원들이 의아한 표정을 하자 신혁돈은 입꼬리를 살짝 올린 뒤 말했다.

"따라와라."

말을 마친 신혁돈의 몸이 변하기 시작했다. 양팔은 어글리 베어의 것으로. 피부 위로는 하늘거북의 등껍질이 자라났으며 등 뒤로는 세뿔가시벌레의 겹날개가 자라났다.

"오……."

외관은 철저히 무시한 채 성능만을 고려한 모습에 김민희가 고개를 돌려 버린 순간, 신혁돈의 모습이 전보다 훨씬 빠른 속도로 멀어졌다.

안 그래도 빠른 날개가 있는데 바람을 다룰 수 있게 되었으니 호랑이가 날개를 단 격이나 다름없었다.

순식간에 우든 호스 무리 위로 도착한 신혁돈은 그대로 워해머를 뽑아 들며 가까이 있는 우든 호스의 머리를 후려쳤다.

바람을 다루는 것은 무기를 다루는 것 또한 용이하게 만들어주었기에 신혁돈의 워해머는 전보다 빠르고 정확하게 괴물들의 머리를 깨부쉈다.

물론 장점만 있는 것은 아니었다.

[잠식 진행률 : 11%… 12%……]

모두의 벗을 완성시키며 볼 일 없던 메시지였던 잠식 진행률이 그 어느 때보다 빠르게 오르고 있었다.

하지만 그 정도는 감수할 만했다.

'이 정도 속도라면……'

콰직! 퍽! 쿵!

신혁돈의 워해머가 휘둘러질 때마다 나무로 이루어진 우든 호스들의 몸이 퍽퍽 터져 나갔다. 머리가 터져 죽은 것들은 양반이고 워해머에 허리가 동강난 놈들도 있었다.

쾅!

종횡무진 우든 호스를 휩쓸던 신혁돈의 워해머가 갑자기 나타난 우든 호스의 뿔에 막혔다.

"가가각!"

기괴한 울음소리를 뱉은 우든 호스가 뿔을 흔들며 거리를 벌렸고 그 순간.

신혁돈의 시선이 자신의 공격을 막은 놈에게로 향했다.

다른 우든 호스들과는 거대한 덩치에 붉은 눈을 한 우든 호스 한 마리와 눈이 마주쳤고 그와 동시에 신혁돈과 우든 호스가 서로를 향해 달려들었다.

『괴물 포식자』 8권에서 계속…

이제부터 전자책은

이젠북

www.ezenbook.co.kr

새로운 세계가 열린다!

김재한 『성운을 먹는 자』　철백 『대무사』
니콜로 『마왕의 게임』　가프 『궁극의 쉐프』
이경영 『그라니트:용들의 땅』　문용신 『절대호위』
탁목조 『일곱 번째 달의 무르무르』　천지무천 『변혁 1990』
강성곤 『메이저리거』　SOKIN 『코더 이용호』

이름만 들어도 황홀할 정도의 별들의 향연!
이들의 "유료연재"가 시작됩니다!

검색창에 **이젠북**을 쳐보세요! ▼

초대형 24시 만화방

신간 100%, 샤워실, 흡연실, 수면실(침대석), 커플석, 세탁기 완비

■ 시흥 정왕25시점 ■

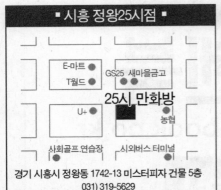

경기 시흥시 정왕동 1742-13 미스터피자 건물 5층
031) 319-5629

■ 강북 노원역점 ■

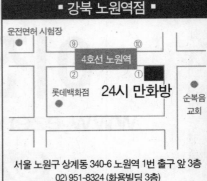

서울 노원구 상계동 340-6 노원역 1번 출구 앞 3층
02) 951-8324 (화용빌딩 3층)

■ 일산 정발산역점 ■

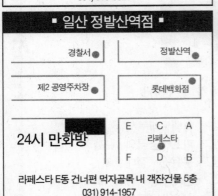

라페스타 E동 건너편 먹자골목 내 객잔건물 5층
031) 914-1957

■ 일산 화정역점 ■

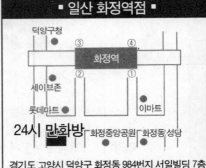

경기도 고양시 덕양구 화정동 984번지 서일빌딩 7층
031) 979-4874 (서일사우나 건물 7층)

■ 부천 역곡역점 ■

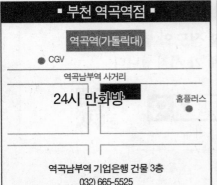

역곡남부역 기업은행 건물 3층
032) 665-5525

■ 부평역점 ■

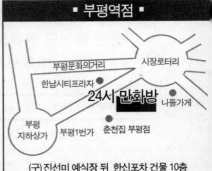

(구) 진선미 예식장 뒤 한신포차 건물 10층
032) 522-2871

미러클 테이머

인기영 장편소설

FUSION FANTASTIC STORY

MIRACLE TAMER

이계로 떨어져 최강, 최고의 테이머가 되었다.
그러나… 남은 것은 지독한 배신뿐.

배신의 끝에서 루아진은 고향, 지구로 되돌아오게 되는데…….
몬스터가 출몰하기 시작한 지구!
그리고 몬스터를 길들일 수 있는 테이머 루아진!
그 둘의 조합은……?

『미러클 테이머』

바야흐로 시작되는
테이머 루아진과 몬스터들의 알콩달콩한
대파괴의 서사시!!

Book Publishing CHUNGEORAM

유행이 아닌 자유추구 -
WWW.chungeoram.com

이모탈 퓨전 판타지 소설
FUSION FANTASTIC STORY

용병들의 대지
Read of Mercenaries

이 세계엔 3개의 성역이 존재한다.
기사들의 성역, 에퀘스.
마법사들의 성역, 바벨의 탑.
그리고… 그들의 끊임없는 견제 속에 탄생하지 못한

『용병들의 대지』

전쟁터의 가장 밑을 뒹굴던 하급 용병 아론은
이차원의 자신을 살해하고 최강을 노릴 힘을 가지게 된다.

그의 앞으로 찾아온 새로운 인생
아론은 전설로만 전해지던
용병들의 대지를 실현시킬 수 있을 것인가!

Book Publishing CHUNGEORAM

용병이라면 자유추구
WWW.chungeoram.com

FUSION FANTASTIC STORY

텀블러 장편소설

현대
천마록

천하를 호령하고 전 무림을 통합한
일월신교의 교주 천하랑.
사람들은 그를 천마, 혹은 혈마대제라고 불렀다.

『현대 천마록』

무공의 끝은 불로불사가 되는 것이라 생각했지만
그로서도 자연의 섭리 앞에선 어쩔 수 없었다!

'그렇게 많은 피를 흘렸음에도 불구하고
죽을 때가 되니 남는 것이 없군그래.'

거듭된 고련 끝에 천하랑의 영혼이
존재하지 않게 된 그 순간
그의 영혼은 현세에서 천마로서 눈을 뜬다!

Book Publishing CHUNGEORAM

유행이 아닌 자유추구 -
WWW.chungeoram.com

FUSION FANTASTIC STORY

가프 장편소설

시크릿 메즈
SECRET MEZ

−너는 10,000개의 특별한 뉴런을 더하게 되었어.
매직 뉴런, 불멸의 뉴런이지.

실험실 알바를 통해 만난 '6번 뇌'.
우연한 만남은 이강토를 신비의 세계로 이끈다.

『시크릿 메즈』

매직 뉴런을 탑재한 이강토의
정재계를 아우르는 좌충우돌 정의구현!
긴장하라, 당신이 누구든 운명은 이미 그의 손안에 있으니!

"무슨 꿍꿍이가 있는지, 어디 한번 봐볼까?"

Book Publishing CHUNGEORAM

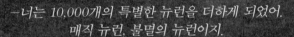

유행이 아닌 자유추구 −
WWW.chungeoram.com